# Mentiras do Rio

CIP-BRASIL. CATALOGAÇÃO-NA-FONTE
SINDICATO NACIONAL DOS EDITORES DE LIVROS, RJ

L591m     Leo, Sergio
           Mentiras do Rio / Sergio Leo. - Rio de Janeiro: Record, 2009.

           ISBN 978-85-01-08706-5

           1. Conto brasileiro. I. Título.

09-2298.           CDD: 869.93
                         CDU: 821.134.3(81)-3

Copyright © Sergio Leo, 2009

Todos os direitos reservados.
Proibida a reprodução, no todo ou
em parte, através de quaisquer meios.

Composição de miolo: Abreu's System

Texto revisado segundo o Novo Acordo
Ortográfico da Língua Portuguesa

Direitos exclusivos desta edição reservados pela
EDITORA RECORD LTDA.
Rua Argentina 171 - Rio de Janeiro, RJ - 20921-380 - Tel: 2585-2000

Impresso no Brasil

**ISBN 978-85-01-08706-5**

PEDIDOS PELO REEMBOLSO POSTAL
Caixa Postal 23.052 - Rio de Janeiro, RJ - 20922-970

Sergio Leo
# Mentiras do Rio

EDITORA RECORD
RIO DE JANEIRO • SÃO PAULO
2009

A
Rogério e Emir, que vieram antes
Anita e Miguel, que chegaram depois

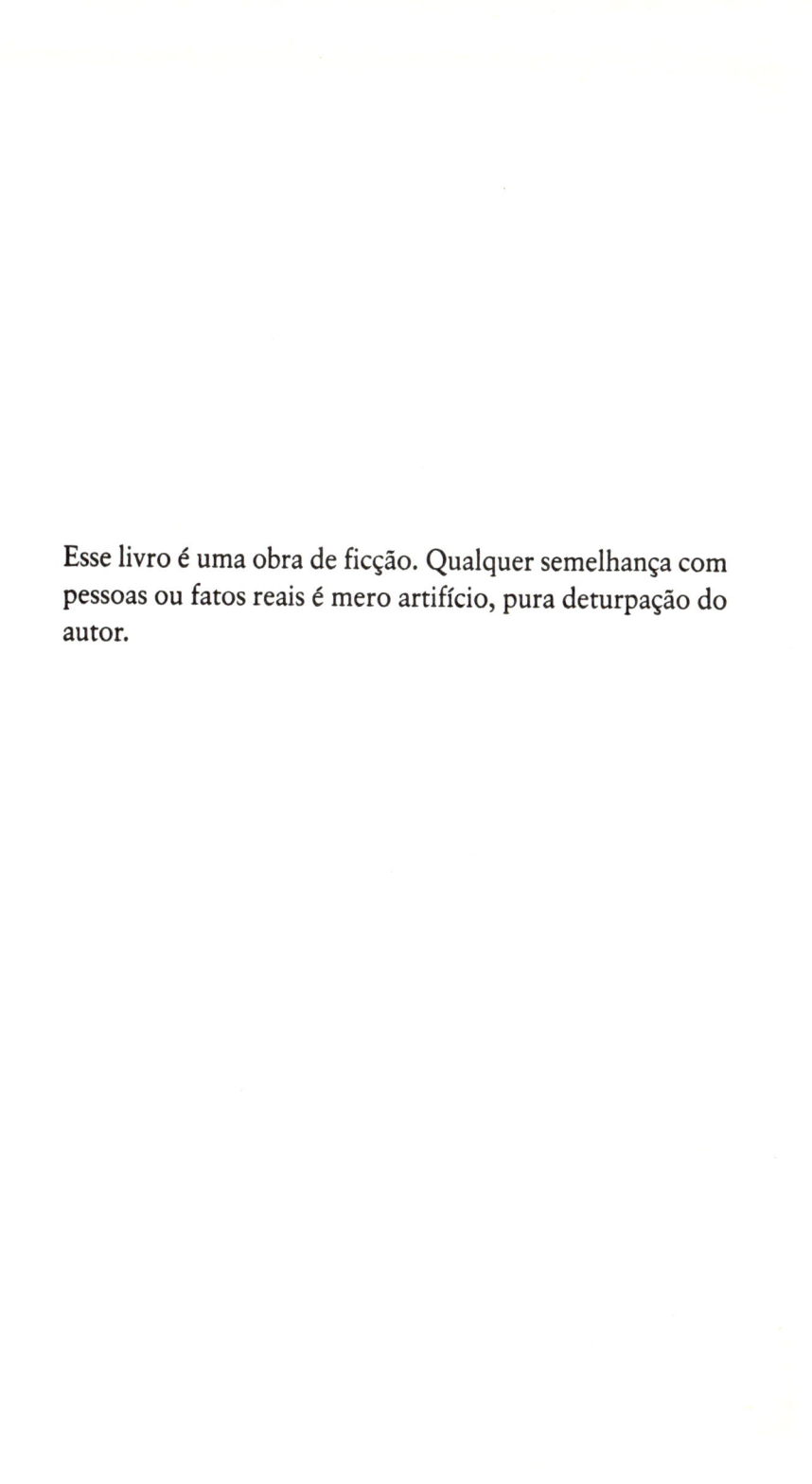

Esse livro é uma obra de ficção. Qualquer semelhança com pessoas ou fatos reais é mero artifício, pura deturpação do autor.

# Sumário

Cabeça de Porco   13
Congresso de Pijama   25
Monólogo do Flanelinha   35
Mentira   45
Iuygfln   59
*Mademoiselle* Souvestre e o Dono do Aterro   75
Uma Janela na Zona Norte   89
Não Dá para Voltar ao Rio   95
Previdência   109
Quinta, Domingo   117
O Sumido Gralha   123
Super-Homem   135

# Cabeça de Porco

Mais uma vez, no Trance Bar, na esquina da praia, eu e as moças.

Eu, na minha mesa; elas, pelas outras. Em todas, a falta de dinheiro, e a tulipa com o chope, solitário, em frente, confirma o lugar no boteco. O chope esquenta devagarinho, fincado como bandeira na mesa conquistada, enquanto vigio a vida e elas esperam cliente.

Esse voyeurismo inocente temperado com cerveja é mais agradável que espiar pela janela do apartamento, coisa que nem posso fazer porque o meu, quarto e sala de 36 metros quadrados, dá para os fundos. Abre para o estacionamento cimentado abaixo e a centena de janelas dos cabeças de porco em frente, raramente povoadas nas minhas poucas vigílias (nem sei se ainda se chamam cabeças de porco esses prédios de quarto e sala conjugados de Copacabana, preferidos dos velhos, das piranhas e dos solitários).

Depois do chope, do último gole amargo e quente do verão calorento do Rio, saio pela noite, pesquisando as pedras portuguesas da calçada, onde um ou outro pedaço de vidro ou metal chispa com a luz amarelada dos postes na beira do asfalto. Já tive esperança de encontrar moedas perdidas, uma cédula; nada próximo a um prêmio de loteria, só uma surpresa suficiente para acreditar que me cabe algum pedaço mínimo de sorte. Uma alegriazinha ligeira e supérflua para exercitar algum velho nervo atrofiado.

Caminho olhando para o chão, atento ao brilho dos fragmentos na calçada. Hoje, é só mais um hábito, e me espanto ao ver, de longe, o que parece ser uma nota de cinquenta reais. Abaixo, rápido, e pego a cédula, até emocionado. Tantos anos, sinto como se estivesse fazendo uma coisa errada. ("Achado não é roubado", diz uma voz feminina e infantil fugida de alguma ruga da memória onde se apagou o resto da história.)

Ao levantar, com a nota na mão, nem tenho tempo de olhar em volta, meus olhos dão com os dela, que me olha e me aborda. Não dá para acreditar.

Diz que acaba de perder aquela nota, me agradece por ter encontrado, repete o agradecimento sem pedir a cédula de volta, como se tivesse certeza do meu gesto, como se eu já tivesse devolvido o achado, caído naquele conto, cumprido o óbvio dever de cidadão honesto.

Pela roupa e maquiagem, vejo logo que poderia ser uma das raparigas salientes que, minutos atrás, deixavam esquentar o chope nas mesas do bar na esquina da rua Bolívar. Não tenho cara nem jeito de trouxa, mas, nessa profissão, elas logo aprendem que a aparência diz pouco da pessoa, e todo mundo tem um pouco de trouxa e de canalha. Também não pareço canalha, e bem provavelmente ela precisará mais desses cinquenta do que eu, velho sem manias, sem luxos e sem graça.

Já tinha sentido a minúscula satisfação que procurava, pesquisando as pedras e rachaduras das calçadas da Avenida Atlântica; não me aborrece dar adeus à cédula pouco amarrotada que trago na mão; pago cinquenta reais para ser, por um minuto, instantaneamente, o cavalheiro/trouxa de uma piranha desconhecida. O riso dela é bonito, o rosto e o corpo não têm nada de especial. Não teriam, mesmo se eu estivesse disposto a gastar algum dinheiro meu com ela.

E ela agradece de novo, tenho uma sensação imprecisa, de satisfação e vergonha. Fosse cavalheiro ou trouxa sentiria o mesmo, acho. Sorrio meio torto, devo parecer mais envergonhado que satisfeito.

— Posso te pagar um chope?

É simpática, a moça, e parece bonita por me convidar para beber, de volta, o dinheiro que eu não tinha e dei para ela. Ou espera que eu dê mais, libere umas notas da minha carteira. Penso se não é um golpe: já identificado o otário, arrastam o idiota a um local menos movimentado, onde é esfolado com a ajuda do cafetão. Olho em volta, não vejo ninguém por perto. Ou é uma tática de abordagem...

— É para você o convite.

Ela ri, confunde meu gesto, e parece sincera. Eu nem trouxe carteira. No máximo, vou levar uma surra de um cafetão frustrado e, se acontecer o pior, não deixo viúva, quem sabe até me lembro do caratê da juventude; dou uma surra no bandido.

— Sei, eu vi que era comigo — explico; a voz sai fraca, desafinada, meio rouca, da garganta despreparada. — Pode ser ali, no Trance? É caminho para casa.

Ela segue ao meu lado, no começo não falamos nada. Até que conto do meu hábito de procurar nas calçadas enquanto caminho, de como já tive esperança de encontrar uma joia, um relógio, um maço de notas, e de como, ultimamente, acreditava que com muita sorte acharia uma moeda de poucos centavos. Ela pede desculpas, encabulada, não queria frustrar minha sorte. Eu digo que não tem problema, que provavelmente perderia também a cédula, falo dos meus gastos modestos, o dinheiro não faz falta. Fico feliz de ter sido útil, digo, com convicção. Ela provavelmente teria encontrado a nota, se eu não tivesse chegado primeiro, quem deveria pedir desculpas era eu, porque agora ela se sente obrigada a retribuir e vai ter de desperdiçar o tempo bebendo um chope com um velho. Ela me interrompe, indignada, e diz que não convidou por obrigação, mas por gratidão, que eu fui uma gracinha.

— O senhor é uma gracinha.

Muito respeitosa, ela. A idade nos põe em cada situação engraçada.

Acostumado a esquentar meu chope em silêncio e sorumbático, bebo, sem me dar conta, mais de uma tulipa. Na hora da conta, comento que dei prejuízo. Ela contesta, veemente. Muito agradável ela, e eu, de alguma maneira, desencorajei, na conversa, qualquer chance de ser um cliente potencial. Apesar de puta, não mostrou afetação, nenhum coquetismo; no segundo chope parecíamos amigos em reencontro, como se eu tivesse trabalhado com o pai da moça, coitado dele. Ou coitada dela, que tipo de gente faz filha piranha.

Contive a vontade de dizer que ela também era uma gracinha, não sou bom nisso.

Nos despedimos como amigos de escritório, dei-lhe dois beijinhos na bochecha, felizmente ela não exagerava na maquiagem. Voltei contente ao apartamento.

De noite, a bexiga me acordou duas vezes. Numa delas bebi um iogurte para enfrentar uma azia ligeira. Não me caiu bem o terceiro chope.

\* \* \*

O Tosta é daquelas pessoas que, com a idade, regrediu ao estado de molusco, e, hoje, só sai da concha para a banca em frente ao prédio, comprar jornal, vício solitário. A mulher, dona Idalina, está sempre em algum outro lugar de Copacabana, jogando buraco com amigas, fazendo compras, de visita a parentes, nas reuniões da Seicho-No-Iê ou em companhia das outras velhas no espetáculo de travesti no teatro Brigitte Blair, na rua Djalma Ulrich. Antes, ia também ao bingo, mas fecharam, sobrou a banca do jogo de bicho, perto da padaria. O Tosta odeia apostas.

Velho companheiro do setor de vendas da antiga Listas Telefônicas Brasileiras, ele se fechava no apartamento mas não rechaçava minhas visitas, parecia gostar, e eu o visitava umas três vezes por semana. Numa época, me deixou preocupado: para complementar a aposentadoria resolveu ser doleiro, eu pensava que aquilo ainda ia acabar em problema, a Polícia Federal anda pegando até milionário, estourando quadrilha. Mas logo largou o trabalho, não suportava sair do apartamento todo dia e ir até o Centro, ajustou-se à miséria do INSS. E voltou a se recolher, à leitura do jornal diário, à TV a que assistia sem prestar atenção.

Ele me cumprimentava à porta com um sorriso de velho conformado e me instalava em uma mesinha, num pequeno cômodo ao lado da sala, onde bebíamos chá e conversávamos histórias do trabalho, doenças, as reclamações dele sobre as atividades da mulher e algum assunto dos jornais do dia. Eu gostava daquelas conversas na mesa pequena, como apreciava caminhar até o velho edifício onde ele morava, na rua Sá Ferreira, um caminho de calçadas pintalgadas de pequenas folhas e sombreadas por árvores antigas.

Me incomodava ligeiramente, no Tosta, a mania de falar da firma como se dela tivesse tirado algum proveito. Mostrava orgulho de uma empresa que eliminou todo vestígio da passagem dele, trinta minutos depois de ele desocupar a escrivaninha. Hoje, ninguém mais lembra que, naquela época, se trabalhava em escrivaninhas. Muito menos se lembra do Tosta. Aliás, não só na firma.

Ele compensava o isolamento imaginando ser plural. "Nós" era a antiga empresa. "Nós", o time de futebol. "Nós", os velhos moradores de Copacabana, não só eu e ele, mas qualquer velho que fizesse alguma coisa notável. Nós, os brasileiros. "Nós", os cariocas (embora eu tivesse nascido em Pernambuco. Mas mudei há tanto tempo, era um dos cariocas nascidos fora, são tantos).

Eu gastava algumas das muitas horas irrelevantes que tinha, de papo com aquela multidão personificada num só indivíduo. Um desconhecido da multidão, molécula sem graça no medíocre tecido comunitário, orgulhosa de suas ridículas mitocôndrias, corpúsculos, membranas coletivas.

Tinha humor, o Tosta. As descrições das besteiras da mulher me distraíam, seus comentários sobre as infelicidades cotidianas ganhavam jeito de piada, ríamos juntos das tristezas dele.

Das putas, falava que havia mais delas no bar da esquina que haveria gente no seu enterro.

ENCONTREI, DOIS DIAS DEPOIS da primeira vez, minha prostituta dos cinquenta reais (conversamos tanto e esqueci de perguntar o nome dela; me daria um falso, de qualquer maneira). Eu andava, de novo, com os olhos postos na calçada, agora consciente de que já tinha desperdiçado a sorte, e, no máximo, evitava tropeçar nos acidentes do chão esburacado. Quando ouvi um riso e um comentário brincalhão: ela me saudava, com alegria de quem acha um velho tio, de surpresa, num shopping center.

— Hoje não posso pagar o chope. Algum cavalheiro me convida?

— Quem sabe. Eu não. Não vim prevenido — menti. E contei da azia do chope pago por ela.

— Coitadinho, tirei o dinheiro e ainda deixei você doente!

Já não me chamava de senhor. Vai ver é no segundo encontro que o cafetão ataca. Dei uma olhada discreta em torno. Ela me pareceu mais gasta, a pele baça, manchada. Me deu enjoo; mastiguei uma desculpa, apertei-lhe a mão e me afastei, andando de cabeça erguida, até a esquina.

Contei o encontro ao Tosta. Ele sabia do estrago que me havia feito a operação de próstata, sabia que, mesmo que me sobrasse algum desejo, não havia restado da minha parte muito que aquela moça pudesse aproveitar. Meu amigo não entendia nem por que dei bola para ela da primeira vez.

— Solidão de velho é um problema, começa a dar trela para qualquer um na rua; quando descobre, lhe roubaram a senha do banco — bronqueou. A verdade é que o Tosta não admitia que um amigo tivesse outras amizades e novidades pela cidade. Pensei se ele não tinha inveja da minha disposição. Minha aversão ao recolhimento.

Eu nem fazia grande coisa, não suportava cinema; teatro, nem de longe. Não fazia compras, não puxava conversa, mesmo na banca de jornais. Mas estava na rua, pelas calçadas, de certa forma rebelde, livre. Ele, além das paredes, tinha a mulher, que, com todo o movimento dela, não lhe deixava espaço nem ânimo para se mover ele próprio.

Tentei convencer o Tosta a tomar um chope comigo no Trance, para ver se lhe mostrava a moça dos cinquenta reais. A moça da onça, dizia eu. O Tosta nem lembrava qual animal aparecia na cédula de cinquenta. E também não topou a proposta.

— Pedimos uma pizza, pelo telefone. Daqui a pouco começa o jogo.

Outra esquisitice dele: como eu, era um dos raros que não se entusiasmavam com futebol, no tempo da firma. Com a idade, passou a acompanhar até jogo da terceira divisão. Eu reconhecia que eram um pouco melhores que os programas de auditório apresentados por antigas garotas de programa, ô nome premonitório.

Comi a pizza, vi parte do jogo, me despedi e saí; ele nem se levantou do sofá, a despedida num aceno frouxo.

Fui sozinho ao bar, passei pelas mesas vazias, voltei meio triste para meu conjugado. No dia seguinte, no açougue, encontrei a moça.

Gosto das mulheres que ficam mais bonitas quando choram, a maioria fica. As lágrimas deixam um brilho na face, mesmo por onde não passaram; as cores ficam mais ricas, a pele úmida. Não era o caso da moça, que claramente tinha chorado, e ganhara rugas e mais tristeza no rosto.

— O que aconteceu?

Dois, três encontros, e me sentia no direito de ser despudoradamente curioso.

— Nada.

Claro. Que direito eu tinha?

— Tudo bem com você?

— Hum hum.

Quando saí, ela pedia para limpar uma peça de patinho. Carne de segunda.

Na casa do Tosta, toquei a campainha, e foi uma Dona Idalina exasperada quem me atendeu.

— Levou tudo! Levou tudo!

Ela não conseguia entender que diabo havia baixado no marido. Ao chegar do curso de culinária, não tinha mais Tosta no apartamento. Levou roupas, poucos livros, objetos, uma frigideira. A preferida dele.

Também me senti traído. Triste com a falta de confiança dele, que não me contou da fuga, ou do que tenha sido a desaparição tramada. Percebi que nunca mais teria notícias dele, eu fazia parte do conjunto casa-mulher-banca de jornal. Voltei ao meu apartamento e, pela primeira vez, reparei que as paredes tinham um branco amarelado na salinha de entrada, uma cor meio suja. Liguei a televisão, desliguei em seguida, fui à cozinha minúscula, tomei um copo de água, do filtro de barro. Lembrei do olhar arregalado de Dona Idalina, chorava gemidos estranhos, sem lágrimas, quando a deixei, só depois percebi que sem dizer nada. Deve ter pensado, de início, que eu sabia, que teria havido alguma ajuda minha. Minha expressão de choque deve tê-la convencido de que não.

De manhã, eu me desviava dos caixotes na calçada, em frente ao açougue do lado do meu prédio, ainda pensando no Tosta, de quem nunca mais tive notícia, quando quase esbarrei na garota da onça. Cabelos molhados, o ar matinal, a pele parecia fresca. Procurava apartamento, ia ver um anunciado no meu prédio.

— Que coincidência!

Eu pensei. Ela disse.

Dois meses depois, passou a morar no meu apartamento. Dorme no sofá-cama, na salinha. Quase não nos vemos. Ela, antes, me perguntava, curiosa, sobre o Tosta. Eu inventava. Às vezes, faço companhia, enquanto ela assiste ao futebol.

É uma das poucas coisas que fazemos juntos.

Ultimamente, mal conversamos. Sinceramente, acho que ela é feliz.

# Congresso de Pijama

É NA BARRA da Tijuca o apartamento do Clemente, fácil de achar. "Você diz que é deputado", mandou ele, quando me convidou para o churrasco, por telefone, já que nunca sai de casa. E explicou: "estou em briga com o canalha do síndico, ele vai ver só."

Gosto muito do Clemente, não importa o que falem dele. Com os amigos é uma simpatia, generoso, todo coração. Se o síndico andava sacaneando o amigo, eu me arrepiava de raiva do elemento, enquanto dirigia pelo asfalto da Linha Amarela. Perto do edifício, pelo retrovisor, já notava também, tremelicando por causa do calçamento irregular, minha testa de deputado.

Ora, se tanta gente é eleita com os votos da escória, por que eu não poderia ter meu mandato conferido por um só voto, mas de qualidade? O Clemente sempre foi primeiro da turma, nunca levou desaforo para casa, comprou uma briga feia na ditadura, pouca gente aguentaria a barra que ele enfrentou. Até hoje, de vez em quando aparece o nome dele nos jornais, falam o diabo do homem. Ele nem nada, ri de tudo, sabe que é coisa de comunista ressentido. "Revanchistas, tudo um bando de desqualificados", diz, e só. Continua jogando o baralhinho, como se tivessem elogiado ele na tv. Um cara tranquilo, gente boa, pode até ter feito alguma barbaridade no comando, mas naquela época estavam em guerra. Ele mesmo diz que não se vence uma guerra com beijinhos. O Clemente é muito engraçado, precisa conhecer o cara.

Na guarita do condomínio, me recebe um caboclo sorridente, nessa intimidade babaca que carioca tem mania de fingir com todo mundo. Não sabia que estava falando com um deputado, o otário.

"Bom dia, meu querido, como posso ajudá-lo?"

Para começo de conversa, não sou o seu querido. Pode anunciar aí, deputado Ernesto, pro coronel Clemente. "Sim senhor." Assim que eu gosto. Rápido, que esse calor está fritando.

Anunciou e, agora, fica com a mesma cara de babaca me olhando da guarita. Esse pateta quer que eu bote o carro onde? Escuta aqui, rapaz, sou deputado, está entendendo? Em Brasília só ando com motorista, e não boto meu carro no sol. Trate de me conseguir uma vaga com sombra. Não sei como, é problema seu.

(Fiz bem em pegar o carro com o filho; meu Uno não dava para convencer como deputado nem que eu dissesse que era do partido comunista. A vaga está meio longe, mas é sombreada; melhor que isso só se ele plantasse uma árvore nova na entrada. O Clemente vai se agachar de tanta risada quando eu contar essa da vaga, melhor ainda se estava reservada para o síndico, ou algum parente dele.)

No elevador, uma criança remelenta me pede para apertar o botão do andar dela. Se esse bando de vagabundos no Congresso não estivesse ocupado roubando o país já teria criado uma lei proibindo criança de certa idade andar sozinha no elevador. Perigo danado, pais irresponsáveis. Multa para o síndico que não orientasse os porteiros.

No apartamentozinho do Clemente (depois dizem que ele roubava. Se roubasse não morava nesse ovinho) havia mais um deputado de araque, que eu conhecia, do clube em Ipanema; um juiz (esse não sei se verdadeiro, sujeitinho pedante) e a turma. "E aí, gente boa?"

O Clemente, de avental, ficava meio ridículo, falei isso para ele. Dei-lhe um tapinha na barriga, e ele resolveu seguir na farsa do deputado: "vê lá, Ernesto, não pensa que vou dar confiança porque saiu daqui cheio de voto; a gente fecha aquela merda de novo, hein?" Eu só apoiei vocês porque não fecharam nada, só despacharam os ladrões e a esquerdalhada, respondi, com minha mais abaritonada voz de parlamentar.

Acho que eu seria bom no discurso de tribuna. Até com os chinelos roídos que estava usando, convenci os companheiros de churrasco da minha representatividade. O Clemente não presta; chega, todo solícito, como se eu fosse mesmo importante. "Vai de uísque, deputado?"

Ele já me estendia a cascavel, as pedrinhas de gelo chacoalhando no copo de vidro grosso. O juiz pernóstico, ao lado, levantou o dedo: só bebia vinho. Mania de hoje em dia, brasileiro, agora, acha que entende de vinho, faz um carnaval danado para dar um golinho besta. Fiquei lá bebericando o Buchanna's, a gastrite me rasgando fininho por dentro. Dane-se, depois tomo um sal de fruta, pensei, beliscando um coraçãozinho de galinha.

Churrasco de varanda tem o problema do espaço: uma vez encaixado num lugar, difícil arranjar outro. No máximo, em uma saidinha para o banheiro, dá para trocar de parceiro na conversa, se a cadeira que você deixou ao sair não continua vaga; mas fica chato voltar e sentar em outra, parece que está evitando o cara do lado. Eu bem que pensei em mudar de canto; passar o resto da tarde ao lado daquele juiz metido a Corte Suprema só me alimentava a azia. Mas, do outro lado, o Clemente pilotava a churrasqueira, e distribuía fatias de picanha maturada para a bancada eleita por ele mesmo. "Deputado eu sei, só gosta de mordomia", falava, enquanto enchia o prato de carne e linguiça.

Meu companheiro de Legislativo saiu cedo, depois descobri que ele tinha voto de verdade, era vereador em São João de Meriti. Fiquei sozinho, único representante do parlamento no churrasco.

O juiz não era juiz porcaria nenhuma, tinha uma corretora de imóveis, e um bafo rançoso que insistia em me jogar na cara, debruçando sobre meu uísque para falar mais perto do meu ouvido. "O senhor me desculpe, deputado, mas é uma vergonha esse dinheiro todo que vocês ganham lá em Brasília, para passar três dias trabalhando e deixar o país nesse estado", provocou o sujeito. "Se trabalhassem três dias já estava muito bom; ou melhor, o bom seria se não trabalhassem dia nenhum, o país aí ia para a frente", instigou o Clemente, grande filho da puta.

Me senti na obrigação de defender a classe. Não ia deixar que um cabra de mau hálito me fizesse desonrar o mandato, ganho com tanto orgulho, que me deu até vaga no estacionamento.

Os senhores estão enganados, não sei o que seria desse país sem o Congresso, a verdadeira base da democracia. Ou vocês querem que o Brasil vire uma Venezuela? Que o Planalto seja ocupado por um Hugo Chávez, sem ninguém a quem preste contas?, argumentei, pondo minha brilhante oratória a serviço da categoria.

"Até parece que político presta contas, onde é que declaram o caixa dois?", provocou o Clemente, sem perceber que me irritava. Grande filho de uma cadela, sempre tive minhas contas em dia, tudo declarado no imposto de renda, até doação para sogro; agora vem dar a impressão para os amigos de que faço parte daquela bandalha de Brasília. Batem ponto de terça a quinta-feira e não sei o que fazem do resto, não sei nem o que fazem em Brasília, disse o babaca do corretorzinho.

"O senhor, me desculpe a liberdade, já apresentou algum projeto?"

Não desculpo a liberdade porra nenhuma. Se eu pudesse, trancava esse sujeito com os vagabundos da mesma laia numa delegacia. Cachorro.

"Logo, logo devemos aprovar meu projeto, defendido pelo meu partido, que proíbe menores de andarem desacompanhados no elevador. É um escândalo a quantidade de pais irresponsáveis neste mundo."

Projeto idiota. Mas não tive ideia melhor. Me levantei fingindo vontade de ir ao banheiro, quando vi o risinho do corretor, já preparando resposta.

"Há escândalos maiores em Brasília."

Fingi que não ouvi. Mas, na volta do banheiro, o Clemente, o corretor e outros dois sujeitos esbravejavam contra o governo, os políticos e até as vagabundas que posam para a *Playboy*, que dão para os corruptos e nunca vão sequer botar os olhos nesse bando barulhento numa varanda apertada da Barra da Tijuca. Quando sentei, olharam para mim com raiva, quem sabe até um pouco de inveja, algum deve ter achado que sobrava uma mulher dessas no meu gabinete imaginário. Só o Clemente me olhava com ar divertido, o calhorda, me provocando, sacaneando.

"Se os políticos não prestam, é por causa dos eleitores, esse monte de desclassificados", provoquei de volta. Um gordo, ao lado do corretor, em quem eu não havia prestado atenção até aquela hora, me respondeu quase cuspindo linguiça que isso era bem frase de político, que só lembra de eleitor quando precisa dos votos. O gordo inclinava o corpo ameaçadoramente na minha direção, me obrigava a encostar na esquadria de alumínio da varanda, pensei que iria acabar quebrando o vidro. O Clemente fazia uma careta gozada, mas os outros me olhavam com ódio. A azia já arranhava até a garganta. O pessoal também devia ter bebido um bocado. Já tinha quem defendesse o fechamento do Congresso e o fuzilamento de cada deputado e senador que se encontrasse dentro. Eu sentia tonteira, não sei se pela dor no estômago ou pelo uísque. Instintivamente fui tomar mais um gole, e esbarrei no copo com vinho do corretor, que se espatifou no ladrilho da varanda.

"Mão leve, pelo menos, você não é", gozou o Clemente, o único que parecia estar se divertindo com a história. "Isso a gente nunca sabe", comentou um gaiato ao lado dele. Não admito que ninguém ponha em dúvida minha honestidade, gritei na cara do imbecil, que me respondeu com algum insulto. O Clemente se colocou entre nós. O falso juiz levantou-se ao lado dele, enxugando com uma toalha de papel a ponta da camisa, que eu havia manchado de vinho. Me olhava com ar de inimigo. Nem percebi como o Clemente me conduziu para a sala, para perto da porta da cozinha. Ouvia a estridência das vozes na varanda; o Clemente me pedia calma.

"Você me desculpe, meu querido, mas não dava para ficar calado", disse eu ao Clemente, que me olhava de um jeito esquisito. Eu não me sentia bem, me desculpei mais uma vez, estava na cara que ele queria me ver fora dali. Podia ser até para evitar uma briga, para meu bem. Mas, na hora, me deu raiva da situação; também uma certa raiva dele. Como me chama para uma coisa dessas, para me agredirem daquele jeito. E ele nem para me defender, porra. Falta de respeito.

Desci, sentindo claustrofobia no elevador, demorei para me entender com a porta de vidro do prédio.

Ainda fazia calor quando atravessei o estacionamento, onde as sombras haviam mudado. Um sol diabólico cozinhava a vaga onde eu tinha estacionado.

E algum desgraçado havia riscado toda a lateral do carro.

# Monólogo do Flanelinha

Essa gente olha para nós e vê um bando, pensa que é tudo a mesma coisa. Não enxergam gente, enxergam coisa, gado. Boi pode ter uso e não tem alma, nem risco de alma. Eles, olhando a gente, é que não têm alma. Mas já te conto o que fiz com isso. Vê se não tive razão.

Se olhar direito, esse povo é como um magote de animais, também, e, se um não serve para nada, a gente devia dar fim no infeliz. Se são imprestáveis, não têm por que zanzar por aqui e ali. A gente é gente, o nome já diz; eles, animais. Um teco na nuca e tchau. Não é assim com boi, no abate?

O Ruço dizia que as pessoas especiais deviam ter o direito de matar quem se põe na frente, empata o caminho. As pessoas especiais fazem o mundo andar, mudam as coisas, o resto é carneiro; um carneiro não faz falta pro rebanho.

É claro que eles não veem nada de especial em nós. Se pudessem, marcavam a ferro: "aquele é meu, esse é seu". Se o Ruço soubesse, teria aprovado o que fiz com o cara. Ele estava empatando as coisas, me olhava raivoso; quem tem raiva alguma coisa vai aprontar contra a gente. Eu me mexi primeiro. Para isso ando armado, é autodefesa. É prevenção, um passo além do que dizia o Ruço. Não vou esperar o cara se colocar na minha frente e me aprontar alguma. Teco na cabeça. Tchau, acabou, babau.

O alemão pensava diferente. Ele dizia que o mundo andava por causa dos fracos, dos doentes. Os que destoam dos normais, da gente sadia que faz as coisas andarem no prumo. Os tortos é que fazem a roda girar e sair dos eixos, ir para a frente; se dependesse do resto, do pessoal saudável, da turma bonita, o mundo andava era em círculos, não saía do lugar, ia se embrutecendo, empedrando, até paralisar de mesmice. Se o alemão me visse, podia achar que sou um desses doentes. Fiz o mundo andar. Não gostou? Teco na cabeça. E o próximo da fila dê mais um passo. Se olhar atravessado, ainda tem chumbo bastante.

Tive dinheiro. Não era amargo desse jeito, já me respeitaram. Se quisesse, tinha um carro novo de rodas de magnésio como aquele preto em que me apoiei quando deu tontura depois de estropiar o crânio do mané arrogante que mandei para o inferno com arrogância e chinelinho. Mania de carioca, de andar de chinelo e sem camisa. Não ia precisar de camisa para onde foi, mas, se Deus quiser, vai sentir falta do chinelinho. Deve estar pisando o fogo do demônio com os pés em carne viva. Pé branquinho quando se estatelou atrás do carro preto, fiquei com essa imagem na cabeça.

Não devia ter castigo quem faz uma caridade dessas, mandar o mané de pés branquinhos para a casa do capeta. Eu devia ter pego o chinelinho.

Devia nada, chinelo sujo, gasto. Já tive dinheiro, calçado de pelica, sempre. (Na verdade, de couro, normal, mas eu mesmo engraxava, brilhava diferente, parecia pelica; com chinelinho sujo e esburacado não me pegavam.)

Não voltei mais ao estacionamento, não sou besta. É capaz de eu ter alterado a ordem das coisas, naquele canto da Glória, bem em frente à estação do metrô, onde, desde que ando por lá, sempre existiu motorista parado irregularmente e os flanelinhas, desempregados, cuidando dos carros. O bacana estaciona o carro e o malandro lhe pede um dinheirinho, garantia de que não vai encontrar o veículo todo arranhado na volta. Justiça seja feita: tinha flanelinha que até cuidava mesmo, evitava bandido, esses negócios, principalmente quando escurecia. Os babacas dos motoristas pingando moedinhas, um seguro contra arranhão de carro. Se ladrão sério, mesmo, levasse o ditocujo, não era o flanelinha quem iria ficar esperando para dar explicação, claro.

Tinha briga entre os flanelinhas, mas, no geral, era uma sociedade organizada, cada um administrava o seu; primeiro a chegar, primeiro a levar. "Tá bem guardado, doutor", a senha para ordenhar os otários.

Mais otário era o cara que não deixava dinheiro. A gente paga por tanta coisa que não usufrui, não é? Ou acha que o preço que pagamos pelas coisas é justo? Começam a roubar já no imposto, levam e não dão nada em troca. Bote seu filho numa escola pública, se não concorda. Vá para a fila do hospital, ver como é.

Então o pessoal paga, só para não perder. Não perder a pintura do carro. Não perder lugar na fila. Não perder o respeito da mulher. Não perder a moral. É como esmola para santo, o dinheiro vai para a Igreja, mas o Céu que cuida da graça alcançada. O flanelinha é um pastor com pouco cacife: você dá a ele uma merreca, ele te abençoa com um sorriso e garante que não vão esculachar seu carro. Abençoa, e você sai aliviado, pagou algum pecado, nem sabe qual. Podia ser o de ter carro, e estacionar a uns passos da entrada do metrô. Uma troca justa, pensamento de flanelinha; você paga, ele não mexe com você.

Tem uns caras que não entendem essa jogada, e aí, só mesmo um tiro no coco. É que estão muito acostumados a ver quem não é da tribo deles como gado; se esquecem da educação, da civilidade.

Eu digo que não é assim, tem dinheiro no meio da coisa, mas é tudo gente, tudo de sangue e pele e carne e osso. É só ver quanto sai de sangue quando o sujeito leva uma bala nas ideias. Para aprender a tratar a gente como gente, tem de ter alguma delicadeza. Vai aprender nos infernos, mas vai. Tem toda a eternidade, alguma coisa vai ter de aprender.

O Ruço ia dizer que sou um cara especial. Mas ficou carola, passou a achar que aqui se faz, aqui se paga. Era capaz de me dedurar, por um defunto de merda. O alemão se achava superior, nem doente ele ia achar que eu sou, não ia me dar essa confiança. Tem gente besta assim; ele dizia que era mais que advogado do diabo, estava processando Deus. Mas, se não fosse maluco, tinha de reconhecer que melhorei o mundo, só de livrar a Terra do mané de pé branquinho e chinela vagabunda. Sem processo, nem nada. É filosofia: pei, bufo.

Você pode dizer que sou revoltado, descontei no cara coisa que nem foi ele quem me fez.

Como não fez? Estava lá, na frente, empatando. Com olhar de quem um dia ia me aprontar alguma, tava na cara. Vai ver, sabia da minha mulher, sabia que eu devo à polícia, me dedurava. Matei primeiro, lei da selva. A gente é bicho mesmo, se ele não me mata, mato ele.

Você pode ficar chocado, mas é que não conheceu o cara. Eu mal falava com ele, era olho no olho, e a troca do dinheiro pela garantia do carro sem risco na pintura. Mas às vezes a gente pensa que conhece a pessoa porque conversa com ela uma vez ou outra. Não conhece. Conhecer é ver todo dia, frente a frente, como eu olhava no olho dele e ele me olhava com aquele jeito de que ainda ia aprontar meu fim. Aquele desprezo de quem vê gado na ordenha. Como se ele fosse grande coisa. Pelo chinelo se via o que era. Você conhece o cara pela obra completa, não por uma coisinha que fez; e eu via o sujeito todo dia, sempre fazendo as coisas da mesma maneira. Podia fazer outras coisas, claro, mas dava para ter certeza de que era daquele mesmo jeito.

Nisso os animais são assim, também. Você reconhece pelo olho. Quando eu era pequeno, na roça, tocando boi, dava para reconhecer dois com a mesma pelagem e o mesmo andar pelo olho, a forma de mirar a gente, aquele olhar morto, muito vivo. Boi é como gente, tem mania, apego, raiva. Dissimula. E nada disso serve para nada quando a gente toca o bicho para o matadouro; no olhar parece gente, dá para ver que ele sabe que te vê pela última vez. Depois o olho não diz mais nada, é aquela carapacinha embaçada, parece que a alma vivia ali, e foi embora.

Não quis olhar o olho do cara, nem sei se estava aberto ou não, vi só os pés. Não dava para vacilar, esperar que aparecesse alguém, gritasse, essas coisas. Vai que ele esperava aprontar no meu caminho depois de morto, sabia, no fundo, que, um dia, eu ia despachar ele pros fogões do capeta. Esse pessoal tem um pouco de bicho.

Eu não gostava de olhar nos olhos do boi, quando algum ia para o matadouro; moleque, pensava que o olhar podia prender minha alma e arrastar junto. Sei lá se não conferi o olho do desgraçado porque, no fundo, tenho o mesmo medo. A chinela não valia a pena, mas o relógio do cara não era de jogar fora, não sei onde eles arranjam essas coisas. Mas eu não matei para roubar, nunca roubei na vida. É só aquela tentação que dá na gente, a tentação faz o ladrão, aquela coisa, não custa nada, não vale desperdiçar uma oportunidade.

É engraçado, não sou ladrão, nunca fui nem no pior aperto, nunca prestei atenção no relógio do sujeito, maluquice, vê se isso ia me interessar, mas até eu mesmo fiquei pensando, depois, se matar o cara assim, do nada, não era só desculpa para arrancar alguma coisa dele. Ora, ficar pensando se não devia ter levado o relógio. Quem sabe eu tinha inveja, eu podia estar no lugar do cara, quem sabe minha vida não era melhor na vadiagem do morto, sem camisa e de chinelinha, com aquele relógio que nem sei onde vendem daquilo.

Eu nunca entrei no matadouro. Nem sei como é por dentro; logo que cresci, meu pai vendeu a fazenda e mudou da roça. Mas por muito tempo fiquei pensando como seria tirar uma vida. Se matar gente é como matar bicho. Até hoje não sei como é matar bicho, mas gente é muito fácil, se você não pensa no morto como gente. Se você sabe que ele pensava em você como bicho também. Você vira o jogo, mostra quem é o animal no lance.

Tem gente que pensa que o que eu faço não é trabalho, que sou um parasita, vivo à custa dos outros. Para mim, basta não ser diversão para ser trabalho; não é só carregar saco na estiva que faz de um homem um trabalhador. Não precisa ser burro de carga, para o trabalho pesar nos ombros. Muita gente que olha para o que faço com desprezo não faria bem igual. Não foi escolha, foi o que sobrou depois que perdi tudo, deixei de calçar sempre sapato de couro novo, brilhando, parecendo pelica.

Boi, depois que morre, se aproveita tudo, já deve ter até quem tenha inventado maneira de reciclar o berro. Gente, depende. Daquele lá não sei se aproveitaram alguma coisa. Eu marcava ponto todo dia naquele estacionamento, sumi logo depois; é capaz de suspeitarem de mim, mas ninguém viu, não tem prova, não era obrigado a ir lá naquele estacionamento todo dia; no ano passado viajei mais ou menos na mesma época. Se suspeitaram, também podem ter pensado que foi só coincidência.

Sei que não apareceu polícia atrás de mim, ninguém andou me procurando nos lugares por onde passo sempre. Já esbarrei com uns dois flanelinhas lá do mesmo estacionamento quando tomava um copo de café pingado em um boteco na Glória aonde eu ia sempre. Se interrogaram os caras, eram poucos, teriam me procurado no boteco; eu voltei lá no bar umas duas vezes desde então, ninguém me estranhou.

Eu mesmo me pergunto se devia mesmo ter matado o cara. Eu nem sabia que era tão fácil. Ninguém faz falta hoje em dia.

Deu para notar isso, no tempo em que eu vivia na roça e depois, quando ganhei dinheiro trabalhando, e quando me ferrei, e fui rebaixado de garanhão da manada para boi de matadouro, e perdi tudo, e fui refazendo tudo aos pouquinhos, mesmo com medo da polícia, minha ex-mulher ameaçando a toda hora me botar na cadeia por não pagar a pensão. De repente, se não fosse por achar que ia voltar a ter alguma coisa na vida, de verdade, e que algum olho grande podia me fazer perder de novo, vai ver eu nem matava o cara.

Mas estava na cara que ele sabia tudo, estava só esperando para me dedurar, ele sempre ali, quando eu saía da repartição. Alguma ele ia fazer, me botar para perder até o carro vagabundo que eu comprei à prestação e que preferia estacionar naquele lugar a enfrentar ônibus e metrô para ir ao trabalho.

Estava na cara que seria só eu mostrar alguma melhora e ele aprontava comigo. Por isso meti uma bala bem no meio dos olhos dele.

Aquele flanelinha filho de uma puta.

# Mentira

Isso é falso. Você lê que eu ando pelo calçadão da praia, e que entro na rua Constante Ramos, olho distraído as mesas do bar e sigo até a rua Barata Ribeiro, mas isso não é verdade. Já passei faz tempo pelo bar, pela Constante Ramos e pela esquina da Barata Ribeiro. De onde estou não vejo o céu de Copacabana, nem os prédios, de pintura gasta e esquadrias velhas; o que há é um teclado, e eu cato milho porque nunca vi importância em aprender a datilografar, nem sei mais se ainda se ensina datilografia, hoje se digita. Aliás, não há nem isso, teclado ou digitação; enquanto você lê, eu provavelmente nem me lembro das palavras que escrevi, e que você está lendo neste exato momento.

Mas você continua lendo, e pode ter pensado em abandonar a leitura, com irritação por não encontrar o que buscava, uma história simples como a que imaginava conhecer quando leu que eu andava pelo calçadão de Copacabana, e, por ter se irritado, correu o risco de nem ficar sabendo que, embora eu não esteja de verdade lá fora, na rua, havia, sim, gente na calçada que, talvez, pudesse servir de personagem à história que você teimosamente continua perseguindo, enquanto lê esse relato, que é falso. É inverdade até no tempo do verbo, porque a ação lida por você no pretérito perfeito já se tornou pretérito mais-que-perfeito; o que é perfeito é eu estar, agora, escrevendo isto que você lê, e nem isto é perfeito, porque o agora não sou eu escrevendo, mas você, lendo aquilo que você gostaria que fosse um exemplo de perfeição de narrativa. E eu estrago sua ilusão, porque nada é perfeito neste mundo, muito menos a narrativa, o relato mais-que-imperfeito de coisas tão defeituosas.

E se te digo que ouvi pela janela alguns gritos, e que parei por um momento de espancar o teclado; que fui à janela e vi lá embaixo um senhor de cabelos grisalhos, cercado por curiosos; mais uma vez não é verdadeiro o que você lê, embora seja verdade que você está lendo, e que faz sentido o que lê; e, portanto, você pode acreditar neste conto como se fosse verdade; se acreditamos como verdadeiro não deixa de ser uma verdade, ainda que particular, não é mesmo? Na calçada do prédio em que escrevo (provavelmente não estou escrevendo agora, nesse lugar, onde, quem sabe, nem moro mais), lá havia um cinema, e ele acabou, como vários em Copacabana; há um banco agora. Pelo menos não é uma igreja evangélica, embora fosse mais fácil transformar o cinema em um auditório para cultos dos cristãos. No banco trabalham e fazem o dinheiro render com um fervor religioso, mas isso é uma piada boba, e até fora de lugar: pode ser que nesse momento o banco já tenha falido e haja lá uma igreja evangélica. Não sei o que fizeram com o auditório, nunca entrei na agência, lá era um bom cinema de arte.

Se fosse verdade o que você lê, enquanto eu divagava sobre bancos, cinemas e igrejas, você já saberia o que as pessoas faziam em volta do senhor de cabelos grisalhos, e que ele falava alto, nervoso, tão nervoso e tão alto que eu pude ouvi-lo de minha janela do terceiro andar, e da tentativa de roubo: um ladrão oportunista viu que ele saía do banco, enfiou a mão rapidamente no bolso estufado e saiu em correria, o homem não pôde fazer nada. Tão surpreso ficou que demorou para rir, como ria agora, ao contar que o ladrão, ao enfiar a mão no seu bolso e sair correndo, havia levado uns talinhos de couve que ele trazia da feira, para o canário.

Você sabe disso agora, porém não tem como saber se o que sabe é a realidade; mas isso não deveria importar, porque já se escreveram bibliotecas sobre o que é possível saber, e o que seria, de fato, realidade. E se você toma como fato o que escrevi sobre o senhor de cabelos grisalhos, deve também crer que é real o sorriso com que me afasto da janela e volto ao teclado, para contar o que já contei algumas linhas acima, e que você já leu, embora possa sempre ler de novo, porque afinal está escrito, e pode acreditar, a cada vez que lê, que é bem apropriado o verbo no infinitivo, como se fosse no presente, quando o homem grisalho contar, agora, que tentaram roubá-lo, mas levaram talinhos de couve; e o ladrão devia estar, nesse momento, furioso ao descobrir que as verdinhas que leva na mão são preciosas para um canário mas não valem nada no comércio, nem serviriam de dízimo na igreja evangélica que ele frequenta. Se fossem dinheiro, o pastor ouviria sua confissão e aceitaria as notas roubadas, dizendo que, ao ser entregue a Deus, o dinheiro purgava os pecados, e o ladrão melhor fazia doando à igreja, arrependendo-se e largando essa vida, que assaltando pelas ruas, correndo perigo por nada, ou até por uns talinhos de couve.

Mesmo se fosse, para qualquer um, sincero e honesto o conselho do pastor, pode muito bem ser alguém fingindo-se de religioso, como poderia ser fingido o arrependimento do ladrão, lá na cabeça dele esperando ser perdoado só porque não iria ganhar nada mesmo orgulhando-se de um assalto frustrado. É só um momento ridículo, e um pecado a mais na conta que ele imagina haver em algum lugar do céu, em nome dele. E você consegue desenredar-se da falsidade, mesmo se não acredita na existência desse ladrão, mas acredita que há, sim, uma contabilidade divina em algum lugar de um céu? Você sabe não ser esse céu o céu real que deveria estar diretamente sobre a minha cabeça, em Copacabana, mas não está, porque sobre mim há o teto, que nem teto é porque para quem mora no andar de cima é o piso, e será uma enganação falar em piso se o apartamento de cima estiver vazio, sem ninguém que o pise, como estava quando escrevi o que você lê agora.

(Minto de novo ao datilografar que escrevi, porque quando o fiz ainda estava em pleno ato, escrevendo, e todo passado é, de certa forma, uma mentira, porque lembrar é montar uma ficção com as pistas enganosas que nos entrega nossa memória cheia de falhas.)

Mesmo se as memórias tivessem exatidão, poderiam ser exatas recordações de experiências enganosas, como se passou com o Sérgio Jaguaribe, aqui perto mesmo do posto 4; na verdade numa ladeira, a Saint Roman, onde ficava o jornal em que ele trabalhava. Na entrada do sobrado, perto de uns caixotes, sempre estava uma mendiga, encolhida e pedinte, a quem ele jogava sempre umas moedas, que ela nem se incomodava de esticar o braço para pegar, atitude entendida por ele, Jaguar, como uma espécie de vergonha de mendigo. Até o dia em que resolveu prestar atenção no alvo de sua benemerência de moedinhas, e descobriu que vinha, há algum tempo, jogando esmolas para um monte de trapos largados por cima de uns caixotes à porta do jornal, na Saint Roman. Se ele nunca tivesse prestado atenção, poderia seguir falando sobre a eterna mendiga à porta do jornal, e até reclamando dela, com uma irritação que ficou sem razão de ser, com a descoberta. Mas que não deixou de ser real, com ela. E, se você não sabe de que Jaguar estou falando, teria toda razão em dizer que não existe ninguém com este nome que tenha dado esmolas a farrapos sem gente dentro; ou, se você conheceu o Jaguar que trabalhava no jornal da ladeira Saint Roman, poderia assegurar que ele nunca daria esmolas a uma velha, muito menos a um monte de trapos jogados, e isso tornaria imediatamente irreal o Jaguar da história, pelo menos para você, ainda que ele fosse capaz de fazer tudo isso que contei, embora você não soubesse. E se fossem bananas podres o que havia no caixote, nem assim a história contada pelo Jaguar seria menos falsa, ou menos verdadeira.

É verdade que, na Saint Roman, hoje, já não há nem jornal, nem Jaguar. Há muitos caixotes espalhados por calçadas em Copacabana, mas nunca são os mesmos. Em um buraco das galerias pluviais de Copacabana, um menino, que poderia bem ser filho do mendigo que assaltou o homem grisalho quase embaixo da minha janela, juntou um monte deles e os transformou em estantes. Ainda que alguns deles fossem os que pareceram mendiga e ganharam moedinhas do Sérgio Jaguaribe, o Jaguar, não seriam os mesmos, porque uns eram caixotes-velha e os outros, caixotes-estante, não sei se você entende. Se compreende, vai saber também que não serão aqui nem caixotes de um tipo ou de outro, porque o que eu vejo agora, vi e você vê são só palavras, que nem com caixotes de verdade parecem. Também os caixotes nas calçadas de Copacabana não pareciam caixotes, porque eram uma velha para o Jaguar, e estantes para o menino, que, com eles, montou uma biblioteca de livros jogados no lixo, nas calçadas de Copacabana.

O menino lia, ou você acredita nisso, ou pode aceitar a ideia como uma metáfora, uma dupla mentira como recurso retórico; estou contando e já firmamos um pacto de fazer você aceitar o que escrevo agora (nem preciso lembrar que agora é falso, como falso é este relato). Mesmo que você não tenha gostado do personagem, ou da metáfora que pode nem ter entendido, decidiu continuar a farsa, para ver aonde vai. E ele, o menino cuja existência nesse momento depende de mim e de você, ou dependeu, lia compulsivamente, sabendo, sem saber realmente, que, com isso, deixava a realidade, ou tornava mentira o que era real, e transformava ficção em sua única experiência concreta. Afinal, emocionava-se, amadurecia e compreendia a verdade, dessa maneira mentirosa que é interpretar a escrita. Nessa tarefa, que só era tarefa porque também minto; para ele era lazer, mas você pode dizer que é outra mentira minha, pois se o dicionário diz que lazer é o que sobra para o prazer depois do trabalho, ou é descanso, não se pode dizer que era isso o que o garoto fazia, já que ele não trabalhava; nem pode ser considerado descanso aquela leitura em condições insalubres e desconfortáveis, num buraco enfiado em uma calçada de Copacabana.

Mas concordamos até aqui que há um garoto, e que o jeito encontrado por ele para morar deveria ser escandaloso para qualquer pessoa de bom-senso; ou não, porque nem todo mundo se escandaliza com algo que, até prova em contrário, é só ficção — há quem considere grotesca a imagem cuja descrição você acaba de ler; há quem até se comova e considere sublime uma história patética como a do menino que você lê agora, embora não considerasse bonito ver um menino deixar um buraco sujo na calçada de Copacabana e andar em sua direção, nem que tivesse um livro gasto e amassado em alguma das mãos.

Se pudesse você ler o que o garoto lê nos livros que junta em caixotes no buraco onde vive; mas, para isso, teria de estar naquele buraco, e não no lugar em que está agora, observando ficticiamente um garoto que nem nome tem, e nem por isso é menos real, ou irreal. Se eu transcrevesse aqui o que há no livro, você poderia até enganar a si próprio (ou própria?) e ler minha transcrição como se fosse o texto lido pelo garoto. Mas não é; e não o é duplamente: se eu fosse fiel ao que traz escrito o livro, ainda assim seria uma transcrição, e você não tem como saber se não adulterei alguma parte do texto original, ou se não se modifica o que o garoto leu, devido às condições péssimas de leitura no buraco onde lê o menino (ou lia, ou lerá).

Mais ainda, você deveria saber que o garoto não estudou nem viveu como você, ou eu; muito menos como o autor do livro retirado da fileira de obras no caixote-estante. Portanto, ao ler, são outras ideias, as que as palavras lidas despertam; as imagens que você veria, na transcrição que eu aqui fizesse, não seriam as mesmas na cabeça do garoto. E o que pode passar na cabeça de um garoto que junta caixotes e livros e mora num buraco de rua em Copacabana? Se eu explicasse a você os pensamentos desse moleque, precisaria, aí sim, de muito boa vontade de sua parte, coisa sabidamente existente em leitores vários, onde já se viu acreditar que alguém pode saber o que se passa pela cabeça de um outro. Se nem esse outro sabe direito.

Mesmo que fosse verdade a história do garoto, e do buraco, dos livros e do caixote; se você fosse real, o que tenho certeza de que não é neste momento em que escrevo (momento que não é o mesmo em que você lê, embora pareça). Você não entenderia o garoto, nem ele o entenderia, porque, se lê, lia ou lerá, ele há de ter inventado para si mesmo sinônimos, códigos e significados, que jamais serão os seus. Você poderia sentir alguma identidade, ao ver nas mãos dele um livro que já leu, e que poderia até ser um dos seus, perdido há tempos, em uma mudança de Copacabana — ou poderia ser meu, que já morei em Copacabana, embora nada impedisse que o livro fosse seu também, perdido ou vendido, e resgatado em uma loja de livros usados, onde o comprei. Você riria, ou se emocionaria, ao ver que, apesar das diferenças todas, teriam algo em comum. Seria inverossímil, mas é inverídico, antes disso. A menos que você queira acreditar no garoto e, antes dele, em mim. Nesse caso, por que não riria, ou se emocionaria?

Esse garoto hipotético, por uma questão de verossimilhança, reconheceria o Jaguar apenas porque o viu no jornal, ainda que seja pouco verossímil identificar alguém na rua por foto de qualquer publicação que seja — quase ninguém parece com o próprio retrato, a menos que haja tantos retratos desse alguém que nem eles, os retratos, sejam iguais entre si, e nesse caso essa dessemelhança é o que, reunida na memória, dá alguma pista da real aparência do retratado. Porque também todo retrato é falso, e mais falso ainda por esconder sua mentira numa aparência de veracidade.

O retrato que descrevo, você certamente concorda que é falso mesmo, certamente você lembra das fotos de si próprio que renegou como desleais (como sua voz gravada também é traiçoeira, mesmo que amigos e parentes te digam o contrário, traiçoeiros eles também). Esse retrato é como o garoto que você pinta em sua mente, inverídico, inverossímil, inexistente, porque ninguém permanece garoto muito tempo, e você não sabe exatamente quando se teria passado o momento em que ele, quem sabe, viu o Jaguar passar pela rua Saint Roman. O Jaguar, se você o tivesse conhecido, também não seria o mesmo, aliás nunca foi. E conhecer também é uma ilusão. Conhece-te a si mesmo, dizia o filósofo, porque já via como terrível o esforço de conhecer qualquer coisa além.

Esse garoto, seria melhor concentrar-se nele (repare que eu não falei em conhecê-lo, note que não me contradigo, embora pudesse; aos mentirosos tudo é permitido, enquanto não os pegam). Se ele guarda livros encontrados em caixotes recolhidos, certamente é para lê-los. E para enganar-se, não apenas pelas razões de que lhe falei antes, ou poderia ter lhe falado, se estivéssemos cara a cara no momento em que escrevo isto tudo. O garoto ou qualquer um (a idade não é relevante aqui, felizmente) engana-se, porque pensa em conhecer uma obra, quando um verdadeiro leitor saberia, por ter lido outros filósofos, que é necessário ler toda a obra de alguém para compreender verdadeiramente um pedaço dessa obra. E isso vale para uma frase, em relação ao livro, como vale para cada livro em relação a tudo que o autor escreveu. As palavras, se mentem, também têm seus brios de honestidade, e a palavra *compreender* diz em si mesma o que deveria significar: é abarcar, agarrar tudo, não deixar nada de fora. Empresa impossível, como se deveria saber. Ninguém compreende coisa nenhuma, palavrinha enganosa.

Pois, como escrevi, e isso é uma das raras verdades escritas aqui (o fato de que escrevi, quero dizer), o menino lia escrupulosamente, como um maníaco que juntasse pedrinhas, e essas pedras seriam as ideias que cobririam a visão do buraco infame de uma Copacabana infame, a ser soterrada um dia pelas rochas de um Deus todo-poderoso, ainda que com humor suficiente para transformar em talos de couve o ganho imaginado por um ladrão chinfrim de Copacabana.

Se fosse verdadeiro esse garoto que você deveria saber que é falso, ou imagina, se é capaz de se indagar sobre ele, seria interessante perguntar o que lê, e ouvi-lo criar, a partir das mentiras que recolhe nas ruas com seus caixotes, alguma coisa que também seria mentira, como a que você está lendo agora. Quem sabe você ouviria do ladrão malsucedido uma história tão inventada quanto a que escrevi sobre o garoto, unindo as duas histórias, a do ladrão e a do garoto, que poderiam ter sido a mesma pessoa — mas só como mentira, porque ninguém é o mesmo, no momento seguinte da própria vida. E você fica sem saber se o garoto não viria a ser o homem que criava canários com talinhos de couve, ou até eu mesmo que, de leitor, passei a escritor e, com a habilidade traiçoeira dos ficcionistas, enganei você para gozar um prazer imaginário.

Mas você se dispõe a ler essa burla que aviso logo de cara ser mentira para quem se depara com ela, e jamais ouvirá o garoto ou seus contos recolhidos ou não pelas ruas cheias de lixo de Copacabana.

Disso eu tenho certeza.

# Iuygfln

GABRIEL SOARES de Souza não pretendia tocar em nenhum livro naquele dia, quando passou pela enorme escultura do Weissman, de aço dobrado e pintado com tinta automotiva, e entrou no Real Gabinete Português de Leitura, a biblioteca de arabescos e estantes infinitas, que frequentava desde criança. Na última visita ao prédio, havia descoberto, no fim de um corredor apertado, uma velha escrivaninha de metal com uma maravilha conectada à Internet, um computador desocupado. Agora, iria aproveitar, pela primeira vez, aquele acesso privilegiado.

Nunca, nas outras vezes em que havia voltado ao Gabinete, ninguém nem sequer havia se aproximado do corredor que escondia aquela porta secreta para o mundo. Fazia segredo da descoberta, alternativa para o dia em que precisasse de um computador naquele canto do Rio, sem lugares públicos com acesso à Rede.

Um compromisso desmarcado na última hora, quando ainda almoçava, ali perto, no restaurante vegetariano da rua Pedro II, e o atraso no trabalho em preparação pela

Universidade fizeram-no lembrar do computador escondido, a poucos metros, que poderia converter em escritório acadêmico. Como sempre, nada impediu seu acesso ao corredor, quase oculto entre uma estante e uma velha escada de madeira.

Ninguém disputava com ele o computador, já ligado.

Sentado, tranquilo na velha cadeira de madeira que fazia companhia desaparelhada à mesa metálica, Gabriel digitou as letras *i, u, y, g, f, l, n*, no campo reservado à pesquisa, em um mecanismo de busca da Internet. No tempo deixado vago pelo compromisso desmarcado, testava uma tese complexa, que em geral resumia mal para os amigos. Algo a ver com letras escolhidas aleatoriamente e inteligência artificial, simplificava ele.

Já estava estourado o prazo dos primeiros relatórios para os responsáveis pelo fundo que financiava o trabalho. Depois de gastar boa parte dele na formulação do modelo matemático para orientar o método da pesquisa, Gabriel aproveitava todo momento disponível para recuperar o tempo. Naquele dia, agradeceu a descoberta do computador e conexão, gratuitos e reservados, em um lugar estratégico do Centro carioca, eixo de boa parte de seus roteiros na cidade.

(Iuygfln não é um encontro alfabético totalmente aleatório: no teclado padrão, usado por Gabriel, a maioria dessas letras encontrava-se quase enfileirada, e ele acrescentou duas delas naquele dia, apenas para, como diria ele, introduzir a imprevisibilidade como elemento da experiência realizada.) Como resultado da busca no computador do Real Gabinete Português de Leitura, encontrou um número de páginas superior às que seriam, pela teoria, o máximo produzido pela combinação casual de sete letras. Não só isso: entre as centenas de milhares de páginas encontradas, com vinte resultados, em média, em cada página, todas as que conferiu continham textos aparentemente ordenados, sem imagens e com símbolos desconhecidos. Das páginas onde encontrou a combinação Iuygfln, navegou para outras, e outras, todas com a mesma aparência, sempre sem imagens, nem sempre com os símbolos bizarros.

Excitado, com leve sensação de gelo no estômago, Gabriel gravou e, em casa, imprimiu algumas das páginas encontradas, das quais copiou os endereços eletrônicos. Também eram extraordinários os endereços eletrônicos das páginas, com pelo menos dez terminações inexistentes na época, de sete letras cada.

As páginas, na tela do computador, abriam-se em outras, infinitas e incompreensíveis. Nos dez dias seguintes, Gabriel pôs sua descoberta a rodar em programas de tradução; tentou classificar os textos em algum ramo linguístico, sem êxito. Na comparação entre as páginas, parágrafos e palavras, pôde identificar radicais, sufixos, desinências, mas não conseguiu capturar a lógica das combinações. Tinha ali um novo campo de pesquisa, para o qual não havia previsão de verbas, não tinha tempo, nem encontrava pretexto. Outra intrigante propriedade do universo linguístico que havia descoberto era sua inexistência para outras máquinas, que não a encontrada no gabinete oculto entre as estantes do Real Gabinete Português. Por dois meses, digitou os endereços, em buscas no computador de casa, no da Universidade, nos de casas e escritórios de amigos. Sempre ia encalhar nas mesmas páginas de erro, com a mensagem obtusa de que havia sido impossível encontrar o endereço pedido.

Sozinho, passava os olhos pelas páginas impressas, com palavras que pareciam ter a estranha propriedade de impedir que seus olhos nelas se fixassem por muito tempo, logo deslocados para a palavra seguinte. Apesar de incompreensíveis, pareciam gritar que tinham sentido, que se revelaria por algum súbito golpe de vista, como certas expressões de que esquecemos e que voltam à memória repentinamente, sem razão.

Gabriel submeteu a testes matemáticos, matriciais, logarítmicos e probabilísticos sua coleção de palavras, com encontros vocálicos e consonantais tão ininteligíveis quanto a primeira, Iuygfln. Sempre que possível, esforçando-se para não chamar atenção, esgueirava-se para a sala permanentemente deserta abrigada pela arquitetura barroca (manuelina, na verdade) da biblioteca portuguesa.

Um dia, saindo do mesmo restaurante vegetariano onde almoçara da primeira vez em que teve acesso aos textos incompreensíveis, Gabriel percebeu, no rótulo de um saco de biscoitos que havia comprado, duas combinações de letras idênticas às palavras dos estranhos textos, que havia decorado pela repetição das leituras. Uma palavra — que, pelos sufixos e declinações do mesmo radical, parecera ser um verbo na língua estranha que descobrira — estava claramente impressa no rótulo dos biscoitos, várias vezes, embora embutida, disfarçada como num jogo de cruzadas, em outras palavras da língua portuguesa em que se camuflara. Em quatro das oito linhas escritas do rótulo, o fim de uma das cinco últimas palavras do texto, se unidas às primeiras letras da palavra seguinte, compunham o que parecia, a Gabriel, um verbo identificado por ele nas páginas descobertas com a digitação de Iuygfln. As três linhas em caracteres minúsculos com a descrição dos ingredientes dos biscoitos também chamaram-lhe a atenção: as letras iniciais de cada linha formavam outra, uma das mais frequentes, das palavras incompreensíveis. (A letra y, perseguida pelas reformas ortográficas brasileiras, havia reentrado sutilmente no vocabulário cotidiano antecipando-se à última reforma, que a anistiaria, e, sediciosa, arrumava-se em mil textos, arrebanhava cúmplices entre as outras letras do alfabeto, ignorava o banimento dos gramáticos.)

A descoberta no saquinho de biscoitos foi, para Gabriel, como uma nova alfabetização. Despertou a atenção dele para uma infinita quantidade de outras palavras frequentes dos textos invocados pela digitação de iuygfln, escondidas entre palavras banais da língua portuguesa em outdoors, panfletos de propaganda, capas de revista, manchetes de jornais.

Pela primeira vez prestou atenção à quantidade de textos, de mensagens, de informações absolutamente compreensíveis que empacotam os bens de consumo à volta, e que seguem mudos, desapercebidos, ignorados por quem, supostamente, deveria sentir a necessidade de lê-los. Bulas de remédio. Instruções de uso. Listas de ingredientes. Alertas de consumo e de condições de venda. Uma cacofonia de vozes didáticas, emudecida pelo desinteresse com que seguiam não lidas, inúteis, gráficas e planas. Passou a buscar, nesses textos mortos, centelhas da linguagem recém-descoberta. Catava fragmentos da semântica desconhecida, mas familiar, como nas letras das músicas pop que imitava na infância. Sem saber inglês, ignorante do significado, mas íntimo da fonética, dos sons ao mesmo tempo domésticos e alienígenas.

Gabriel, amargo, cumprimentava-se e se parabenizava, já esquecido dos prazos e compromissos. À angústia dos textos de línguas conhecidas que não leria, do saber que, tinha certeza, jamais seria incorporado ao pouco que conhecia, agora somava-se uma nova náusea: a evidência de que, em tudo que via, comia, identificava, alguém (ou *alguéns*) havia lhe deixado um relato, ou uma descrição, ou narrativas, que poderiam ter importância crucial (já que haviam se dado o trabalho — e é claro que esse trabalho se destinava a ele). Falavam para ele (com o tempo, descobriu ser capaz também de identificar, no que ouvia, leituras daquela língua que só ele sabia existir). Escreviam para ele. Queriam lhe dizer alguma coisa, alertá-lo de algo, mas a ignorância o impedia de saber do quê.

Passou a ter esperança de que a persistência e a ajuda do tempo compensassem sua incompetência, mas sofria com a ideia de que sua incompetência poderia ser invulnerável à persistência e ao tempo.

Em uma sexta-feira de sol, contou sua angústia a Fernando Fernandes, um dos velhos anarquistas que, nos anos 70, haviam fundado a cooperativa dos vegetarianos para conspirar contra o mundo, entre goles de iogurte e demoradas mastigações de brotos de cevada. Cientista, com um cargo obscuro em uma confederação latino-americana de física, Fernando Fernandes também era músico. "Uma coisa é consequência da outra; são intimamente ligadas", dizia.

Gabriel não se sentia à vontade de compartilhar o segredo com ninguém, mas Fernando Fernandes era o confessor ideal. Por viver com tantos projetos, lidar com tantas ideias ao mesmo tempo, dificilmente se ocuparia com problemas de outros por período mais demorado que o passado ao lado do dono do problema. Qualquer diálogo o maravilhava, vivia intensamente a conversa e esquecia-se dela logo ao se afastar do interlocutor, para lembrar-se, em detalhes, depois, caso o reencontrasse. Às vezes, como nessa sexta-feira, mudava de assunto ao vagar da conversa, derivando para mares metafísicos, sua praia predileta — que não soubessem disso os associados da confederação de cientistas na qual batia ponto.

— Razão e intuição não sobrevivem sozinhas; ou melhor, não é saudável estarem separadas — comentava Fernando Fernandes, enquanto caminhavam os dois, buscando sombras na calçada da rua da Carioca. Enquanto desciam pelo Largo da Carioca, até a Cinelândia, Gabriel contou do abandono da pesquisa, de suas hipóteses, frustradas todas, sobre o significado das páginas Iuygfln, do impasse em que se encontrava. Estavam na rua da Imprensa, quando Fernando Fernandes o fez olhar para o prédio em frente ao qual haviam parado. Pareceu esperar uma avaliação. A poucos passos, os pilotis do Palácio Capanema fincavam-se no solo e sustentavam delicadamente o enorme edifício.

— Gosto desses azulejos, gosto do vento, de passar aqui, no verão — disse Gabriel.

— Destruíram aqui o morro do Castelo para arejar o Centro, afastar os miasmas que contaminavam a cidade. Os mosquitos e as salmonelas faziam o diabo, e o morro pagou o pato. Mas abriram essa região para o vento que vem da baía. Você conhece prédio mais racional que esse aqui?

— Centenas.

— Perguntei errado. Você consegue imaginar que esse é o avô dessas centenas de caixas de vidro que se espalharam depois pela cidade?

— Esse nem é tão caixote assim. Tem essas persianas...

— O nome é brise-soleil.

— ... e os azulejos, essas conchinhas e cavalos-marinhos. E o vento.

— E os coqueiros, o jardim. O prédio fica no centro do terreno, afastado dos vizinhos; não grudado nos outros como o resto. É diferente dos outros, que gastam uma fortuna em ar-condicionado. A parte mais voltada ao sol ganhou esses brise-soleil e os vidros da fachada estão para o lado menos ensolarado. Pena que o Niemeyer não tenha aprendido nada aqui; faz aquelas esculturas que chama de edifícios e as pessoas que se fodam lá dentro.

— Você diz isso porque é anarquista e acha que ele é stalinista. Ele é um humanista. Beleza também é função.

Fernando Fernandes não tinha mais disposição para discutir política há tempos; pareceu incomodado com referências a anarquismo e stalinismo. Sorriu e, dando tapinhas no ombro de Gabriel, tocou o amigo de novo para a rua, na direção de onde tinham vindo.

— Era do Le Corbusier que eu queria lhe falar; ainda prefiro ele, com todos os prédios-caixotes que deixou para nós. Você precisava ler os textos dele...

— Não estou com muita disposição para estudar arquitetura.

Não era de arquitetura que Fernando Fernandes falava. Mas, por causa do comentário, desviou-se, numa palestra irônica sobre as mudanças urbanas provocadas pelas certezas teóricas, dos homens com poder para deixar marca na face da cidade. Pelo menos, a derrubada dos morros pelos motivos errados havia aberto um pouco mais o Rio ao mar, ainda que os aterros tivessem deixado as águas cada vez mais afastadas do Centro. A utopia dos arquitetos modernistas e sua racionalidade no uso dos materiais haviam feito somente a alegria da especulação imobiliária.

— Você é tão injusto com o capitalismo quanto com o Niemeyer — provocou Gabriel.

— O Le Corbusier, você precisava ler as teorias dele sobre a arte — lembrou-se Fernando Fernandes. O real é um caos, sem ordem nem função, sem padrão nem lógica. O real que você conhece é produto da necessidade mental de ordenar esse mundo caótico onde essa mente está mergulhada. As pinturas que saíram dessa teoria não despertam grande interesse, o pintor ficou mais conhecido como arquiteto que foi. Mas a ideia, é uma bela ideia. A ordem que você vê parte de uma necessidade sua, própria. Da espécie, digo. Para escalar uma dessas paredes lisas, você iria buscar pontos de apoio, sítios onde se agarrar. Para galgar esse despenhadeiro em que a vida o enfurnou, você também busca saliências e depressões, sinais por onde se guiar e indícios que lhe permitam identificar os perigos, as armadilhas escorregadias.

— A lógica que você busca nas coisas pode estar nas suas necessidades, mas acho que estou indo um pouco além do nosso amigo arquiteto. Você não precisa concordar com essas ideias; mas viveria melhor se — arrematou ele, sorrindo, os olhos brilhando. Como costumava acontecer quando a conversa com o amigo ia à deriva, Gabriel já não prestava atenção. Só sentiu, no discurso sem rumo do amigo, uma tentativa de convencê-lo a largar a pesquisa e esquecer o trabalho original. A bolsa nem lhe rendia muito dinheiro, não ia fazer tanta falta.

Na volta à cooperativa dos vegetarianos, separaram-se em frente à Praça Tiradentes. Gabriel andou, apressado, até o Gabinete Português. Eram quase três da tarde, ele, por algum pressentimento, decidira gravar em meio eletrônico o maior número de páginas possíveis do universo bizarro aberto só para ele, só naquele computador. A biblioteca estava quase vazia, umas três pessoas curvadas sobre livros nem pareciam tê-lo ouvido quando entrou e subiu a escada que dava para sua passagem quase secreta. Com um pen-drive comprado de um contrabandista na rua Uruguaiana, passou as duas horas seguintes copiando páginas.

Foi pressentimento, ou sacrilégio, pensou, no dia seguinte, quando encontrou o monitor de vídeo, inútil, sozinho, sem máquina, sobre a mesa sem computador, na sala escondida do Gabinete Real Português de Leitura. Sentiu uma leve tontura, dor de cabeça e uma muito vaga vontade de chorar. A fonte secara e desidratara as chances de entender a origem dos textos incompreensíveis. Sentou-se, abriu a pasta que levava e passou a ler, em murmúrios, os textos impressos. Quem sabe, se os decorasse, como uma missa em latim, não se revelaria o significado daquele mundo estranho. Gabriel, tristonho, deixou a biblioteca e caminhou, lendo os textos, até o Palácio Capanema, o prédio onde Fernando Fernandes havia lhe falado de Le Corbusier. Ficou algum tempo olhando, silencioso, os azulejos, e foi para casa.

Gabriel trancou-se por dias. Ignorou os telefonemas dos poucos amigos e da mulher que lhe cobrava resultados da pesquisa financiada. No computador, gravou os textos, e, mais uma, duas vezes, dissecou suas frases e palavras em planilhas e matrizes, foi capaz de decorar trechos inteiros, mesmo aqueles com os encontros consonantais mais improváveis. Uma vez, ao lado da geladeira, com um copo de água na mão, recitou versos seguidos, em ritmo de repente, numa embolada melodiosa e sem sentido identificável. Sentia, às vezes, ser capaz de dominar a língua, sem jamais compreendê-la.

Ao ver televisão, Gabriel declamava trechos dos textos estranhos, procurando colar as palavras aos movimentos labiais das pessoas na tela, como um dublador esquizofrênico. Deixou de ler os livros que tinha, e passava os olhos carinhosamente pelas folhas impressas no idioma alienígena. Adotou algumas das palavras mais eufônicas, e as usava para cumprimentar o jornaleiro, o atendente no açougue, os pombos na janela. Perdeu os prazos da pesquisa, deixou de receber os telefonemas de cobrança; torrava, devagar, o dinheiro acumulado no banco, guardado para os invernos de desemprego.

De olhar para o início de uma das páginas, podia dizer, para si mesmo, as frases finais da página impressa.

Estava, dias depois, na mesma rua do Palácio Capanema, e sentia frio, do tempo úmido que começava a lhe molhar os ossos, quando teve o primeiro susto. Via, na rua, passarem os carros amarelos, com letreiros onde deveria ler a palavra "Táxi", mas não a lia. Havia algo lá, mas não podia identificar o quê. Os letreiros nas ruas não diziam nada, mas gritavam alguma coisa. Nas bancas de jornal sobre as calçadas, folhas de papel traziam desenhos com pernas e ângulos, que deviam arrumar-se em escritos, de impossível leitura para ele.

Apertou os passos até a Biblioteca Nacional, onde, por um compromisso marcado meses antes, não lembrava como, nem por quê, deveria encontrar Fernando Fernandes, a quem descobriu curvado sobre a gasta máquina de microfilmes, vendo jornais anarquistas de alguma década vencida, haviam esquecido de convertê-los em arquivos digitais. Cutucou o amigo, e ele voltou-se, falando algo incompreensível.

Gabriel podia até imaginar o sentido das palavras do velho anarquista, e sentia-se pronunciando sons familiares, mas sem significado. Via, pelas expressões do amigo, que, entre os dois, seguia algum diálogo incompreensível para ele, Gabriel, e intrigante para Fernando Fernandes. Não conseguia entender o que ouvia, e isso já era alarmante; mas também não compreendia a si mesmo. As palavras embrulhavam-se e desdobravam-se em ruídos ininteligíveis e abafavam as ideias que haviam orientado sua tentativa de comunicação. Zonzo, emudeceu e passou a olhar desconsolado o amigo, que o mirava com ar desolado. Deu as costas e saiu arrastando os pés, sem que Fernando Fernandes o acompanhasse.

Não faziam sentido os letreiros dos ônibus na Cinelândia, em frente.

Os cartazes dos cinemas continham símbolos cabalísticos, as pessoas murmuravam, falavam, gritavam algaravias medonhas. Gabriel, aos poucos, começou a sorrir.

Seguia sem entender nada, mas sabia, nos textos copiados do sumido computador do Gabinete Real Português de Leitura, ter uma partitura que seria capaz de ler, mesmo sem identificar melodia, ritmo ou harmonia. Uma língua impronunciável. Uma escrita. Feita para não ser lida. Nunca.

# Mademoiselle Souvestre
# e o Dono do Aterro

Davam muitos nomes a ele. Não percebia. Nem atendia a nenhum, nem ao seu nome original, Sócrates, como o antigo jogador de futebol, feio, muito inteligente, até médico.

Encantava Sócrates a engenhosa maneira de locomoção dos veículos que atravessavam, na maioria com um ronronar suave, a faixa negra e lisa que — sem saber exatamente o motivo — chamava de Aterro do Flamengo.

Tecnologia engenhosa de andar, aquela, dos veículos com dois círculos na frente, dois atrás, nas laterais, negros na margem, como era negro o piso por onde pareciam deslizar no Aterro do Flamengo. Talvez fossem feitos do mesmo material, o caminho preto e as margens pretas, dos círculos, nos lados dos veículos que o tocavam.

Quem sabe aquelas máquinas fossem movidas pelo fluxo daquele material escuro que passava por baixo e em torno dos círculos brilhantes nas laterais.

Se ele lembrasse, poderia ter verificado a hipótese sobre a movimentação e o material daqueles veículos, ao encontrar algum deles parado em um dos pontos em que costumava deter-se também, para comer ou atender a qualquer outra necessidade, pelo Aterro do Flamengo, onde vivia. Mas a questão só aparecia quando enxergava, engenhosos e elegantes, os veículos percorrendo em alta velocidade aquelas faixas negras que dividiam seu território, o aterro, do resto da cidade, de onde já tinha vindo algum dia. Desses dias de antes preferia esquecer.

*Mademoiselle* Souvestre dá aulas de francês no Centro, e é em francês que ela pensa na próxima viagem a Paris, em julho, enquanto dirige em alta velocidade seu Peugeot 206, passando pelo Mourisco, a caminho do Aterro, em direção à sala que aluga no Centro, onde o aluno da hora deve chegar em poucos minutos e irritar-se ao constatar, novamente, a impontualidade carioca da professora de francês. Ela lembra, no caminho, do relato de um ex-aluno chinês, exasperado com a falta de consciência brasileira em relação às normas primárias de cortesia. O chinês posta-se à entrada, quinze minutos antes do encontro; o carioca esconde-se atrás da porta em algum afazer inexplicável, e lá continua, meia hora após. Um pensa nos outros; o outro obriga que pensem nele.

Sócrates gosta de caminhar pelo meio-fio no Aterro do Flamengo, e ver como cresce, pouco a pouco, no horizonte, o monumento dos Pracinhas — ele não dá nome, só admira as formas. Gosta de ouvir o barulho do mar, abafado pelo ruído dos veículos.

Aprecia as gotas de chuva no cabelo amarfanhado, sentir o sol sob a barba grossa, o vento salgado na pele queimada. A grama verde, bem verde, ao lado, inspira poesias, que Sócrates, por intuir suas limitações literárias, traduz em números.

Ele os recita, feliz, sob a forma de complexas equações matemáticas que nem ele próprio decifraria, se as levasse ao papel. Não se daria o trabalho de escrevê-las, mesmo se ainda soubesse o que é escrita.

Enquanto se maravilha com os veículos-objetos elegantes que deslizam nas faixas pretas do aterro, o prazer de recitar em voz baixa nada tem a ver com uma possível e improvável transcrição dessas criações numéricas em símbolos abstratos, que seriam incompreensíveis até mesmo a ele, o criador. Mas têm razão de ser como sons murmurados, enquanto os familiares ruídos do Aterro do Flamengo fazem coro, a sua volta. A poesia dele é também música. Outros provavelmente não a entenderiam; mas isso não preocupa.

Enquanto dirige velozmente no aterro, *mademoiselle* Souvestre pensa, apreensiva, na possibilidade de perder o aluno, já contabilizado no orçamento do semestre, incorporado às economias que a levarão a Paris em julho. O idiota. Surpreendeu-se quando ela lhe contou que Paris era conhecida como a cidade das Luzes.

Em Paris, que fará ela? Dará aulas de português? Surpreenderá alguém com sua palestra sobre o francês inspirador de uma revolução urbanística no Rio de Janeiro, no *début* do século XX? *Peut-être*, pensa. Sorri, enquanto tenta mudar a estação do rádio, onde um sujeito grita em mau português o nome da próxima música norte-americana que se seguirá ao rock vagabundo que acaba de martelar, por alguns segundos, os ouvidos delicados de *mademoiselle*.

Sócrates gosta quanto anoitece, e milhares de pequenas luzes amarelas surgem dos bastões que se enfileiram por todo o Aterro. No inverno, elas acendem cedo, e sinalizam o aumento do frio; no verão significam que o tempo deve refrescar um pouco e que logo um vento vindo do mar deve acariciar os que vivem naquela agradável porção do mundo. Ele diria porção do Paraíso, se tivesse noção do que se trata. Ainda é cedo para que as luzes acendam, mas o sol reflete nas superfícies lisas acima dos bastões enfileirados por todo o Aterro, e elas parecem soltar faíscas, que atraem a atenção de Sócrates e introduzem novas variáveis em suas equações poéticas. Sua música numérica.

Fixando os olhos, a cada passo, ele faz incendiar-se uma das extremidades daqueles bastões que pontilham o aterro, com uma luz diferente, cegante, enquanto os mais próximos parecem apagar-se. De perto, as pontas, de superfícies arredondadas, perdem os reflexos luminosos, como somem os lampejos de sol na superfície da água que se move na praia adiante. Sócrates sorri do efeito luminoso de seus passos, e de si mesmo, pela alegria que lhe traz esse poder de iluminar os bastões do aterro à medida que caminha. Um caminhar medido por raios de luz, um iluminar medido por seus passos de andarilho. Quando exerce essa força divina de converter em centelhas luminosas as pontas das longas hastes metálicas que traçam as margens do caminho, ele, por muito tempo, não sente fome, cansaço ou sede.

É verdade que, quando sente sede, fome ou cansaço, os olhos de Sócrates se voltam para a terra, para a frente, e nem percebe a maravilhosa capacidade de transformar matéria em luz. É difícil dizer se é o efeito de alguma nuvem, que interrompe a mágica incandescência dos compridos troncos metálicos e traz à consciência os apelos do corpo; ou se são as exigências de seu organismo que atropelam seu gozo estético e o fazem lembrar das necessidades reais e imediatas. O espetáculo das estreitas colunas de extremidades ardentes se repete com frequência quase diária, mas só a inexistente memória de Sócrates saberia dizer quando começa e quando termina, sempre abruptamente.

Ele sente calor, às vezes; às vezes frio. Hoje só sente o vento vindo do mar, incapaz de interromper o que pensa. Assim como a sequência de veículos flamejantes, barulhentos e praticamente ininterruptos do aterro, os pensamentos de Sócrates deslizam de forma inexplicável, imponderável, fascinante, evitam que o vazio se instale definitivamente, criam pontos de interesse na embaçada topografia mental.

Nesses pontos, Sócrates interrompe a matemática poética e se maravilha também com a capacidade de, paradoxalmente, parar esse fluxo e contemplá-lo, refletir sobre ele — e isso significa que o fluxo continua, os pensamentos não param, como não param os veículos, mesmo nas horas mais calmas da noite; os pensamentos pensam sobre outros pensamentos como se cada veículo que percorre elegantemente o elegante traçado negro da margem do aterro fosse capaz de gerar ele próprio outro veículo que passaria a acompanhá-lo, lado a lado. Para este novo veículo, o pensamento que o gerou estaria parado, mas ambos estariam em movimento para um observador externo. No caso dos pensamentos de Sócrates, esse observador externo seria ele próprio, ou outro pensamento gerado por ele, o que significa que esse terceiro pensamento estaria também em movimento, mas em compasso diferente dos outros dois pensamentos ao qual se refere... e nesse momento, já a ponto de dar à luz outro pensamento, Sócrates convenientemente se distrai, com o ruído do mar que, naquele trecho do aterro, parece mais próximo da margem negra por onde correm os veículos de lampejos metálicos, para os quais ele dá as costas, esquecendo-os completamente.

Mesmo os ruídos dos veículos parecem, agora, ecos distorcidos do rugido do mar, que também provocam nele uma sensação prazerosa. O mundo lhe traz essas pequenas satisfações, graças ao treino diário dos sentidos, é um segredo seu.

O exercício constante é o caminho do bom senso, o fim dos obstáculos, ensinaria Sócrates, se quisesse, se alguém estivesse disposto a tomá-lo como professor. Ele não pensa nisso, desistiu há muito tempo de trazer, para a agradável realidade da vida, as pessoas que o cercam e quase sempre lhe dizem coisas ininteligíveis, fazem gestos incompreensíveis, praticam ações inexplicáveis. Por isso, às vezes, apesar do bom humor, reage, agressivo, à irracionalidade reinante, à incapacidade de comunicação encontrada, todo o tempo, nas pessoas à volta. Sente como se a humanidade, impotente para dominar e compreender o universo, assombrasse por ele, como fantasma.

Ele também se maravilha em encontrar, nessa multidão desinteligente, alguma cordialidade, quando lhe oferecem comida, roupas, líquidos diversos, uns melhores que outros; alguns bem piores.

Entre a enorme extensão negra tomada pelos veículos e a calçada que margeia a grama verde, repousante, do aterro, há uma extensa linha branca composta por incontáveis poliedros de seis faces — das quais ele, em geral, só vê duas e intui as demais. Embora incontáveis, ele as conta. A numerologia do canto que ele cria, à medida que anda, interfere nessa contabilidade lúdica, e ele se perde, e se diverte com isso. Sempre poderá tentar mais uma vez, imagina, sabendo que também não tem como se lembrar de quantas vezes se perdeu e se distraiu assim.

*Mademoiselle* Souvestre ama as palavras. Adora a diversidade delas, as surpreendentes relações semânticas entre os povos, os falsos cognatos. Embora canse de explicar aos estudantes, sempre, que *depuis* não é depois. E, prestem atenção, *rester* não é descansar — pobres coitados os alunos que vão buscar na língua inglesa as analogias para explicar o francês que não absorvem.

Caetano Veloso, cantando em espanhol, no rádio, lembra a ela os nomes que mudam de sexo ao atravessar as fronteiras linguísticas. A árvore do português é masculina na boca dos franceses. Na dos ingleses, como quase todas as coisas, não têm identidade sexual, o que prova o pragmatismo e falta de poesia dos anglo-saxões (Shakespeare, Joyce, Walt Whitman tinham sangue francês, teoriza *mademoiselle* para si mesma, só para não estragar a tese que acaba de criar, ainda ouvindo Caetano). O leite, forte, vigoroso em português, é maternal e feminino na língua espanhola. Muda de gosto conforme o falante que bebe?

O mar também perde virilidade e ganha em sensualidade e mistério ao ser vertido para o francês. Os carros, *les voitures*, são meninos ou meninas? Serão mais leves ou mais delicadas as nuvens em português que *os* nuvens franceses?

As pessoas sentem o mundo diferentemente porque o leem de forma distinta, pensa *mademoiselle* Souvestre, contentinha consigo mesma e sua filosofia. *Sua pensée*, lembra, em francês. O pensamento, na França, é mulher como a Musa, murmura, fazendo má poesia.

E muda de estação; depois de Caetano, a rádio transmitia mais um menino revoltado decidido a encurralar a língua portuguesa em lugares-comuns, com metáforas de mau gosto. O chauvinismo não tem idade.

Sócrates fecha os olhos, e o mundo deixa repentinamente de existir. Um movimento de pálpebras, e ele recria novamente o universo. Aonde vai tudo, quando só há escuridão em frente aos olhos, pergunta, para ninguém. E se as coisas existirem só porque ele as pensa, pergunta, em seguida. E se eu só existir porque algo maior me pensa, pergunta, ainda. E cansa.

Ele sente, às vezes, uma grande falta, de algo indefinido, como se houvesse algum dia pertencido confortavelmente a algo tão gigantesco quanto a massa verde e movediça que vislumbra por trás das pedras do aterro; e houvesse dolorosamente se destacado, e perdido a sensação agradável de não ter limites, de ser só, ao mesmo tempo, parte e todo daquela imensidão oceânica. É uma sensação angustiante, felizmente logo interrompida por algum detalhe capaz de atrair a saltitante curiosidade de Sócrates.

Agora são as cores em que se transforma o imenso volume líquido e inconstante, que se estende até o horizonte. Onde a luz bate com mais força, a superfície é sem dúvida verde. As sombras, ele identifica claramente, são violeta, e não verde-escuras como parecem à primeira vista. Também violeta elas são na areia e violeta são as partes sombreadas dos corpos que ele vê. Já as folhas verdes nas árvores são claramente amarelas onde a luz as incendeia e, lógico, também roxas nas sombras. Verde, violeta, amarelo, roxo são palavras que ele não diz nem pensa. Imagina as cores e as compara numa tabela etérea que colore seus pensamentos.

Ele gosta da capacidade de descansar a vista, que tem o negro das faixas por onde deslizam os veículos. Sócrates já contou vinte e sete diferentes tons naquela e em outras superfícies negras que encontra ao percorrer o Aterro. Vinte e sete diferentes cores negras, e, no entanto, são todas o mesmo negro, que muda conforme a luz, ou o ângulo em que ele vê a superfície. Também é divertido buscar e contar esses tons, mas é mais difícil.

*Mademoiselle* Souvestre sente estranhos repuxos no volante, demora a entender o que se passa. *Merde*, só pode ser um pneu furado, *merde allors*. Ela sabia que não chegaria mesmo a tempo; a nova contrariedade serve para encarar a perda do aluno, passar à próxima atividade do dia, qual é mesmo?

Com o carro encostado à margem direita da pista, *mademoiselle* Souvestre pensa se deve sair do carro, pedir ajuda, telefonar para alguém. Olha pelo retrovisor e lhe dói a barriga ao ver que, pela calçada, se aproxima um sujeito de cabelo pavoroso, hirsuto, sujo, *dégoûtant*. Nojento. Aperta o botão que tranca as portas, a dorzinha aumenta. Lembra que deixou o telefone em casa, para carregar a bateria.

O sujeito se aproxima, parece distraído. Ou drogado, tem os olhos dirigidos aos pneus, já deve ter percebido o que a fez parar ali, o que a prende, pensa *mademoiselle*. Não consegue imaginar o que fazer; se abre a porta e corre, se tenta deter algum dos poucos carros que passam. Seria atropelada e assaltada, ou atropelada durante o assalto.

Dentro do carro, quem sabe, estará mais protegida; se ele tentar abrir a porta por um lado, ela sai correndo pelo outro. Talvez ele, drogado, não consiga alcançá-la. Talvez as drogas lhe deem velocidade. Ele não parece armado. Não parece fraco, porém. Mesmo que parecesse. Dizem que as drogas dão força sobre-humana às pessoas. Por que não tomou um táxi, pergunta-se, à toa. Por que não ficou em casa. Que fazer, que fazer.

O sujeito está parado a alguma distância, atrás do carro. Deve estar planejando o assalto, verificando se não há o risco de aparecer alguém que a ajude, alguém que pare em socorro dela. Como ela o odeia nesse momento, se pudesse transformar em força a raiva que sente.

O que espera ele? O ruído do rádio só a põe mais nervosa. Ela desliga o barulho, abominável. Será um estuprador? Assim, à luz do dia? Ele pode forçá-la a acompanhá-lo, levá-la pelo braço, quem sabe tem uma faca, alguma coisa parecida. Ela olha pelo espelho retrovisor, não mexe a cabeça, as mãos pousadas sobre a perna. Quem sabe, imóvel, também o mantenha imobilizado, olhando daquele jeito para os pneus do carro, nem parece vê-la lá dentro.

Será que ele pensa que o carro está vazio? Ela poderia deslizar para baixo do volante; ideia imbecil, ela é pequena, mas não caberia escondida no lugar dos pedais, como fazia quando pequena de verdade.

*Mademoiselle* Souvestre tem ganas de abrir a porta de repente, o elemento surpresa: jogar um sapato na testa do homem, a bolsa. Chutá-lo entre as pernas, correr enquanto ele se contorcesse na calçada. Como se têm ideias idiotas quando se está encurralada. Não tem coragem nem de pôr a mão na maçaneta da porta. Sente enjoo. Faz calor no carro desligado, o ar pesa, oprime, torna insuportavelmente dolorido o estado de alerta em que ela se põe, por aquela eternidade.

É uma enorme coincidência, pensa Sócrates. No momento em que pensava nos vinte e sete tons de preto, materializa-se à frente uma daquelas máquinas, com seus círculos negros no negro piso. São diferentes, os tons, como se fossem de diferentes materiais: no piso um preto poroso, de pontos brilhantes, que fica mais negro ao se aproximar dos círculos negros de um escuro também poroso, mas diferente, com sulcos de um negrume profundo, em um desenho geométrico. Preto, preto, preto, preto, preto, podem ser uns dez dos vinte e sete diferentes tons negros que já conhece.

Ele conta de novo. Não são dez, são nove. Às vezes a gente pensa que são diferentes tons que estão apenas distantes, e que parecem mais escuros ou mais claros conforme a superfície ao lado, se mais clara, se mais escura. Mas é uma questão apenas de se concentrar na cor, e comparar; embora a proximidade com as outras cores de fato altere a tonalidade, a personalidade de cada uma. Até o tamanho muda, pensa Sócrates, que há muito tempo descobriu que as coisas brancas ficam maiores com a distância, e as escuras encolhem. É, pensa ele. Abaixa-se, e vê, contente, que as cores não mudam tanto; a forte luz ajuda a permanecerem nas mesmas tonalidades.

Será que ele pensa em trocar meu pneu?, pergunta-se *mademoiselle* Souvestre. Ou quer estar certo de que está mesmo furado. Eu não saí do carro para ver se está mesmo vazio, pode ter sido só impressão, alegra-se ela por segundos. Do jeito que o volante puxava para o lado não havia dúvida, desespera-se. Tem medo de ligar o carro e provocar alguma reação violenta. Ele está tão próximo...

Para onde ele foi?

Ele pode estar abaixado, louco, ao lado de alguma porta, ela sente pânico. Arrisca-se a olhar para os lados, estica o pescoço. Levanta-se no banco. Mexe-se, agora, incontidamente. Nada do sujeito. *Mon Dieu*, Pai-Nosso que estais no Céu. Nada do sujeito, não sabe como ele pôde desaparecer daquele jeito.

Sumiu.

*Mademoiselle* Souvestre não entende, mas o que sente não é alívio. Pode ser só angústia, por estar com o carro parado, pneu furado, em um ponto inóspito do Aterro.

E essa necessidade de conferir, de rememorar, de verificar se não perdeu alguma coisa.

# Uma Janela na Zona Norte

Da janela do segundo andar, no apartamento da rua com nome de índio, a vigília do seu Pessoa começa às nove horas. A mulher traz o chá, põe na mesa a xícara, ao alcance dele, e ele mal nota. Com os olhos apertados pela claridade do verão, acompanha o movimento, pouco abaixo. De onde está, ouve os gritos das crianças, uma ou outra palavra mais nítida sobe até a janela, entre berros.

Ele sorri, aperta pequeno os lábios magros, semicerra os olhos. A umidade do verão não incomoda o velho; pelo contrário, aquece os ossos, dissolve-se no ambiente pelo efeito do ventilador do teto, realça o conforto da cadeira de palhinha.

"Ei! dona Odete, isso é um chapéu ou uma barraca?", cumprimenta, pela janela, sem prestar atenção na resposta, se há resposta. Os olhos já estão em outro alvo.

"Eita garoto feio, santo Deus! Quem te deixou sair na rua, menino?"

O riso mordido cava novas rugas na cara, e sacode o corpo magro e ereto. Nota o chá, já frio, onde a mulher o deixou. Dá uns golinhos, lentamente. Saboreia o gosto de erva. E segue na perseguição aos passantes. Faz comentários azedos, dá conselhos.

"Olha para os lados antes de atravessar, ô garota!"

Às vezes, apela a uma plateia imaginária, pede que ela tire conclusões da cena divertida que vê da janela. "Olha lá! Olha lá aquilo!" De dentro do apartamento, a mulher não responde, sabe, há muito, que ele não espera resposta de ninguém.

O interesse do senhor Pessoa raramente passa de alguns segundos. Nesse tempo pouco, comenta o que aparece no campo de visão da janela no segundo andar. Julga os passantes com a displicência dos finados, e se sente cada vez mais vivo, a cada grito, enquanto enquadra a parcela da humanidade em que pespega os olhos.

"Ei, que bico é esse, dona Semíramis?"

As perguntas são os ganchos para fisgar novos personagens e mostrar à vizinhança que respira, e com bom humor. Não há por que se recolher ao apartamento, ao abraço da umidade do verão. Apesar da disposição no corpo cuidado com banho frio e homeopatia, não tem motivo para deixar o posto de observação e se misturar ao povo, embaixo. De sua guarita, faz levantarem as cabeças dos outros, move os rostos na direção do alarido malcriado. Avisa a todos que existe e que são observados.

"Ei! monte de banha, sô!"

Seu Pessoa não é politicamente correto. Leu nos antigos que chegaria à idade em que chegou sem precisar prestar contas a convenções dos contemporâneos, de um tempo cada vez menos comum ao seu.

Um dia, uma frase caída da janela fez ferver sangue já quente. Como se cuspido pelo velho bem-humorado que gritava algo sobre a ridícula bolsa carregada na cintura, um tipo de olhos injetados sustentou o olhar distraído de seu Pessoa. Gritou, de baixo, alguma ofensa que resvalou na falta de atenção do ancião curvado na janela. Achou pouco responder com palavrões. O homem caminhou decidido para a portaria do pequeno prédio, driblou o porteiro ocupado com alguma bobagem e rumou para a porta do provocador.

Poucos apartamentos no prédio baixo, muito fácil identificar em qual estava a janela insultuosa.

Seu Pessoa viu de relance a entrada do ofendido; seu foco já era outro, uma moça de barriga exposta; em vez de blusa vestia o quê, uma gravata-borboleta? Riu dele mesmo, quase derrama o chá.

O velho se levantava ainda rindo e, como estava próximo, disse à mulher que atenderia à porta. Que maluco havia prendido o dedo na campainha?

Abriu sem nem conferir pelo olho mágico, de supetão. O sujeito da bolsa-pochete tirou o dedo da campainha como um garoto surpreendido passando trote no vizinho. Seu Pessoa identificou o homem ridicularizado pouco antes, o mesmo que ele, pelo canto do olho, tinha visto entrar apressado no prédio, e agora o mirava, de olhos esbugalhados, suarento, jeito apoplético.

"Sabe jogar xadrez?"

Antes surpreso, agora confuso.

"O quê?"

O homem parado na porta gaguejou, só para ouvir, de novo, a pergunta do velho, que tinha entendido bem, mas achava que não.

Xadrez. Sabia jogar xadrez?

Sabia. Um pouco. Bastante.

Seu Pessoa encerrava a vigília para o almoço, tirava a sesta, retomava o lugar à janela por volta das duas e cansava daquilo umas três horas depois. Das cinco em diante, tinha tempo bastante para uma partida. Se o homem não podia todos os dias, poderia às terças e quintas, quem sabe.

Podia às terças e quintas. Às cinco e meia.

Toda semana. Religiosamente.

E nunca mais usou a bolsa na cintura.

# Não Dá para Voltar ao Rio

Como no filme de um argentino que eu veria anos mais tarde (o filme, não o argentino), eu poderia ter feito o que esperavam de mim, ou o que eu gostaria de fazer, ou não ter feito nada. O que fiz foi tomar o ônibus 573, ali, perto do Largo do Machado, para Copacabana. Usava uma mochila de lona verde, de onde tirei o texto sobre as greves dos metalúrgicos paulistas nos anos 70.

(Eu tinha, como dizia o Cezar, fumaças esquerdistas. Dizia levantando a sobrancelha como sempre, ao fazer alguma ironia, e me olhava quase como entre as sobrancelhas grossas. Hirsutas como as do Darcy Ribeiro, que, por essa época, fazia sucesso entre as meninas do curso de Ciências Sociais, com fala doce e a antropologia, as fartas explicações sobre o processo civilizatório, os ameríndios, as brasilidades. O Cezar também gostaria de falar às moças, com charme, de civilizações aculturadas pelo homem branco. E da chegada do pecado — bela referência para o passo seguinte, a conversa insinuante sobre tabus e complexos, de Levi-Strauss a Freud na busca incessante da intimidade consentida com o sexo oposto. Mas ele falava de minhas fumaças de esquerda, e, como fumava, era eu quem, irônico, via o sarcasmo como uma espécie de elogio involuntário; melhor esquerdista enfumaçado que escravo do tabagismo. Eu pensava coisas assim, na época.)

No ponto do 573, enquanto eu esperava, poderia mudar de ideia e desistir de Copacabana; ou tomar o ônibus, assim que chegasse; ou, ainda, dar um passo, e outro, e outro, até chegar, suado e exausto, à rua Bolívar, esquina com Barata Ribeiro.

Se eu desistisse de Copacabana, eu poderia
1) voltar à casa da Inês, pedir desculpas por tudo, explicar que eu tinha fumaças esquerdistas como sempre dizia o Cezar, e por isso aquelas implicâncias, aqueles comentários que a ofendiam e nos afastavam tanto;
2) andar até a rua das Laranjeiras e surpreender o Fernando Fernandes, aparecendo sem aviso no apartamento onde me divertiria ouvindo a música sobre a Central Única do Chile, no disco do Inti Ilimani, enquanto ele, sorridente, sempre doce, me prepararia um intragável café de cevada;
3) tomar, em vez disso, outro ônibus, até a Tijuca, de onde iria de metrô até a Praça Onze, para, de lá, roubar uma carona na Kombi que me deixaria na rua Irineu Marinho, onde eu compraria, mais barata, uma vitamina de abacate (o que Fernando Fernandes, macrobiótico, desaprovaria, àquela hora da tarde).

A caminho de Copacabana, sabendo que iria enjoar com os sacolejos do 573, que me fariam ler aos saltos a história dos metalúrgicos, eu tinha a alternativa de
1) ler o texto assim mesmo;
2) guardar o relato na mochila verde;

3) manter o texto à mão, para ler nos inúmeros sinais do caminho (os metalúrgicos paulistas os chamariam de faróis).

Nem sempre enjoo quando leio no trânsito; acho até que o ligeiro incômodo que eu sentia no ônibus era provocado pelo barulho do motor, bem próximo à cadeira ao lado da porta, onde eu havia me sentado, ou pelo cheiro de diesel queimado da máquina desregulada do 573. Fumaças da direita. Não foi à toa que o Sirkis, ou foi o Carlos Minc, uma vez escangalhou, martelando batatas nos canos de descarga, todos os ônibus que paravam queimando óleo em um dos pontos da Ataulfo de Paiva. Coisa de ecologista.

Eu sempre poderia
1) ter saltado em um dos pontos do caminho;
2) ter saltado em outro dos pontos do caminho.

Inês, àquela altura, devia estar chorando, em casa; Fernando Fernandes nem acordado estaria, seguramente. O sacana do Cezar que estivesse com prisão de ventre. Ironia dá constipação, se pegasse a praga que eu sempre rogava. Mas não devia pegar, porque eu não rogava a sério.

Meio enjoado, eu talvez
1) parasse um pouco para tentar abrir a janela e respirar o ar também poluído de fora;
2) tentasse me concentrar ainda mais na leitura, quem sabe matando, fora do ouvido, o ruído do ônibus escangalhado;
3) desistisse de vez da leitura, que corria aos trancos mesmo.

Quem sabe, pela sujeira, ou pela carroceria empenada, a janela não abriu. Talvez eu devesse fazer ginástica, como o sujeito no banco ao lado, o braço esticando a camisa de malha branca, um pouco encardida. Ou seria a luz fraca que passava pelas janelas sujas?

A curiosidade, não vapores ou ares de esquerdista, me grudava os olhos no texto; já nem me lembro o que me chamava tanto a atenção; hoje sabemos muito bem onde foram parar aqueles metalúrgicos. Que poderiam, aliás ter morrido vítimas da repressão, se ela não tivesse chegado a um impasse; ter arriscado uma revolução, com sangue, lágrimas e insucessos; todos terem se transformado em capatazes, gerentes, vencido tanta gente na vida, sei lá.

Não sei se o molequinho com quem eu logo iria me encontrar teve a chance de
1) continuar na escola, gostar do que encontrava lá, tornar-se um escrivão, músico, diplomata, criminoso;
2) ir à praia, não estivesse o tempo tão porcaria e não fosse já meio tarde para isso;
3) entrar em outro ônibus.

O motorista poderia
1) não ter parado;
2) ter parado mas não ter aberto a porta traseira, por onde entraram o moleque e seus amigos;
3) parar um pouco adiante, dando o tempo necessário para que os meninos refletissem, discutissem, deliberassem, desistissem.

Eu teria, talvez, interrompido a leitura e percebido o que acontecia, o que estava para acontecer. A gente, no Rio, acaba pegando o jeito, prevendo essas coisas. Quantas vezes escolhi saltar na primeira parada, de lá olhar os coitados continuarem no ônibus, ignorantes por pouco tempo dos motivos que teriam me feito correr para a porta quase fechando, sair de repente.

Não me lembro o que me prendia tanto à leitura, empatia com o que passavam os metalúrgicos, as fumaças do Cezar.

Quase todo mundo no ônibus tinha as opções de
1) desistir de tomar o 573;
2) mudar o trajeto, a vida, o destino de tanta gente;
3) notar o que ia acontecer, tomar alguma providência, exclamar "esse mundo está perdido", e com isso assustar de alguma forma os moleques, que poderiam;
4) desistir de tudo;
5) ficar com raiva;
6) nem notar.

Eu, quando garoto, preferia andar a pé mesmo; no fundo tudo é muito perto, na Zona Sul do Rio de Janeiro, em boa parte da Zona Norte; não sei como é para além do Méier. Do Leme ao Posto 6 são uns quatro quilômetros; deve ser a mesma distância do Arpoador ao Jardim de Alá. Da Cinelândia à Praça Quinze não são vinte minutos. Da avenida Maracanã até a São Francisco Xavier é um pulo; em outro se chega do começo da Satamini até a Saens Peña. Talvez esse trecho seja um pouco mais longo. Muitas vezes eu penso se não seria mais rápido saltar do ônibus e percorrer a pé as ruas entupidas de carros. Os quatro quilômetros do Posto 6 ao Leme, pela Nossa Senhora de Copacabana, duram mais de meia hora no horário de pico (que hoje preferem chamar de hora do rush). Quatro quilômetros em meia hora são oito quilômetros por hora; corro mais rápido que isso, na areia da praia.

Se os metalúrgicos tivessem uma boa praia por perto, eles

1) teriam conseguido encher as assembleias nos fins de semana?

Caso o texto sobre os metalúrgicos não fosse tão bem escrito, quem sabe eu teria
1) trocado aquela releitura pela das cartas da Inês, que eu trazia na mochila de lona, talvez para justificar aquela bagagem a tiracolo, sem grande utilidade, quase sempre;
2) passado a me concentrar no caminho, milhares de vezes percorrido sem atenção, talvez com algum boteco novo, alguma loja de interesse, algum conhecido na calçada;
3) olhado em volta, provavelmente trocado olhares com a garota sentada logo atrás de mim, bonita, charmosa com aquelas pulseirinhas chacoalhando no pulso.

Os motores de ônibus fazem aquele barulho todo porque são movidos a óleo diesel. Gastam menos combustível, mas as peças, lá dentro, dão trancos horrendos; dizem que duram bem menos por causa disso. O governo proíbe carros de passeio a diesel porque o combustível é subsidiado. É o que move a frota de transportes do país, desde os tempos do Juscelino Kubitscheck cortado por estradas que tomaram o lugar de ferrovias, hidrovias, caminhos alheios aos destinos da indústria automobilística. Juscelino bem que poderia ter feito tudo diferente. Talvez ele não tivesse
1) morrido num acidente de automóvel;
2) sido assassinado pelos americanos. Não sei por que, tenho impressão de que li sobre isso no texto sobre os metalúrgicos;
3) esquece, acho que imaginei esse troço.

Quem sabe, se eu me esforçasse, eu me lembraria do que li naquele texto sobre os metalúrgicos; seria uma novidade, já que esqueço com facilidade coisas que acabei de aprender e contar para alguém. Eu inventaria um novo texto, ao qual agregaria as dezenas de outros que li sobre o mesmo tema e alguns sobre assuntos correlatos ou sobre particularidades que nada têm a ver com aquele momento específico da história nacional, da vida daqueles metalúrgicos, daquele episódio da luta de classes, daquele passo necessário para a consolidação da democracia e da livre iniciativa no Brasil. Quem sabe, se eu me esforçasse, só ficaria frustrado pela minha total incapacidade mnemônica, com aquela sensação de que o saber é algo arredio, deslizante, enganoso.

Por mais barulho que faça o motor de um ônibus desregulado, com um motorista também desparafusado que troca as marchas com gestos bruscos, quase assassinos, a compreensão sobre um relato complexo e detalhado sobre os metalúrgicos do ABC paulista às portas da redemocratização do país é possível para uma pessoa que se dedique seriamente à leitura ou

1) que tenha em mãos um texto realmente absorvente; ou
2) que tenha treinado constantemente para não se deixar perturbar por interrupções alheias à vontade; ou
3) que seja surda. Se você pensar bem, apesar das agressivas mudanças de marcha e da pressão do pé do motorista sobre o acelerador, as ruas e os sinais de trânsito impõem uma certa regularidade ao ruído do motor, que poderia funcionar aos ouvidos massacrados pela poluição urbana como uma es-

pécie de mantra, de cântico religioso, capaz até de facilitar a concentração, acredite em mim.

Eu não teria interrompido a leitura se tivesse olhos de lince ou qualquer outro animal com visão noturna ou fosse ainda mais distraído, e menos míope, se o ônibus não estivesse atravessando o Túnel Novo, para entrar em Copacabana. Ainda assim, eu não tive a curiosidade de olhar em volta. Eu, que geralmente sou curioso, curiosamente fiquei fixando algum ponto em direção à Avenida Princesa Isabel, a luz que via no fim do túnel. Enquanto olhava sem notar nada à frente, remoía algo que havia lido sobre os metalúrgicos ou sobre Juscelino, ou sobre as implicações do que havia lido sobre minha vida de não metalúrgico, não político, apenas com algumas névoas de esquerda.

Foi
1) o tilintar das pulseiras da moça logo atrás de mim;
2) uma estranha mudança no ruído de vozes no ônibus;
3) minha curiosidade finalmente desperta da catatonia em que o ruído do motor me havia posto. Não sei o que foi, mas decidi olhar para trás, talvez para a moça das pulseiras que retiniam de maneira sexy atrás de mim. Notei que a moça choramingava, e que um vulto passava rapidamente ao meu lado, quase me tocou quando eu virava a cabeça. Materializou-se, à minha frente, ao lado do capô do motor barulhento do ônibus, um garoto, de pele fosca, amarelada, de camisa listrada (listras fininhas, irregulares, não aquelas arquetípicas do malandro carioca que talvez ele pudesse ter sido, se tivesse nascido algumas décadas antes), com um enorme

revólver/com uma arma me pareceu enorme naquele momento, não entendo nada de revólveres ou pistolas, apontada para mim.

— Passa o dinheiro (ou foi "passa a grana" o que ele disse?)!

Eu poderia tentar pegar a pistola do menino tremendamente mais franzino que eu, o que seria evidentemente uma loucura. Talvez devesse atender ao que ele pedia, o que era inviável, já que não trazia nem moeda, nem cédula, nem qualquer valor na carteira puída que havia enfiado no bolso de trás da calça. Ou, quem sabe, tentar um improvável diálogo com o vulto que se transformara em uma inacreditável e real ameaça, em meio à minha leitura/minhas elucubrações/minhas fumaças de esquerda.

— Não tenho um tostão, estou pior que você — disse ao garoto, enquanto punha a mão no bolso e tirava a carteira pateticamente vazia, milagrosamente sem que ele puxasse o gatilho ou fosse interrompido pelo amigo atrás de mim, que teria me acertado um tiro na cabeça ao ver meu movimento de sacar algo do bolso.

Ele olhou para a carteira, aparentemente sem acreditar
1) que eu pudesse ter tirado aquilo do bolso sem que ele, por reflexo me alvejasse o rosto;
2) que sua tentativa de me arrancar dinheiro terminasse de forma tão ridícula;
3) na realidade daquilo tudo, agora que ele via não bastar uma arma apontada para fazer o dinheiro sair do bolso do otário à frente. Não parecia crer que algo pudesse dar errado naquele primeiro/segundo assalto, tão pensado e conversado com os amigos mais experientes/mais mentirosos.

— Então me dá esse relógio aí!

1)2)3)4)5) De todas as opções possíveis, não acredito na única resposta que dei, e que me pareceu tão natural na hora, a única coisa a fazer, mesmo.

— Ah, me desculpe, o relógio foi presente do meu pai, isso eu não posso te dar não.

Disse isso acariciando o relógio no pulso, olhos nos olhos dele/na pistola gigantesca que ele balançava a centímetros do meu nariz, enquanto o motor ainda rugia, e o ônibus sacolejava, sem as passagens alucinadas de marcha do motorista, subitamente bem-comportado, os olhos postos no ponto indefinido da Avenida Princesa Isabel para onde eu olhava pouco tempo antes, por motivos diferentes.

1)2)3)4)5)6) O garoto também não deve ter acreditado no que respondeu imediatamente, como se fosse a única coisa lógica a fazer, como se não tivesse alternativa. Como se estivesse aliviado em poder dizer o que diria a seguir, como se o medo da reação dos amigos à sucessão de acidentes no seu assalto banal fosse avassaladoramente maior que qualquer irritação pela minha falta de espírito cooperativo.

— Então esconde aí, esconde aí — reagiu nervoso, balançando a pistola/brinquedo.

Cobri com a mochila de lona verde o braço com o relógio, e evitei o olhar não sei se irado, perplexo, aparvalhado ou frustrado do menino, e congelei, mirando no mesmo ponto luminoso da Princesa Isabel que atraía o olhar do motorista. Quem sabe, de todos, no ônibus, até da moça chorosa atrás de mim já sem as pulseirinhas que lhe davam tanto charme, minutos antes, quando entrávamos no Túnel Novo a caminho

1) de Copacabana;

2) do nosso destino;

3) da morte, que, para sorte nossa, não quis tomar o 573, vinda de Botafogo — como diria, já depois de virar a esquina da avenida Princesa Isabel, o motorista. Motorista esse que, além de destruir motores a diesel, fazia filosofia e sambinhas redundantes, enquanto dirigia, para mostrar depois, nas folgas, à mulher ou aos amigos, no Catumbi.

Meu assaltante foi o primeiro a sair, os outros se seguiram; nós, zeros à esquerda, aliviados, assustados, nem tivemos ânimo para responder ao motorista, que tagarelava.

É certo

1) seguro;

2) garantido

que o menino, esse, morreu. Há muito, muito tempo.

# Previdência

Canetas podem ficar de qualquer lado da mesa, mas, para os destros, a direita é a opção mais lógica.

R. é destro. Canetas à direita. O centro é reservado aos papéis, ao computador, quando é o caso, ao material de trabalho propriamente dito.

De casa até a rua Almirante Barroso, R. leva trinta minutos, quando muito, trinta e cinco. Gosta do enorme prédio do ministério, do tempo em que o Rio era, merecidamente, a capital da República.

São trinta minutos, trinta e cinco, vá lá, trinta e seis. R. treinou, nesses anos, para meditar sobre os problemas do ministério, no caminho. Transforma em produtivo tempo de trabalho o que é, evidentemente, tempo perdido para os outros que seguem o mesmo trajeto. R. não se gaba, gostaria apenas de mostrar que a produtividade está ao alcance de quem se dedica. Foco. Disciplina. Objetividade. Quer um exemplo?

*U. sabe que tem um número razoável de boas ideias, lampejos de gênio, mas geralmente não ocorrem quando teria como registrá-las para se lembrar depois. As fugitivas invenções mentais de U. não têm tempo de se desenvolver em ideias legítimas, de se traduzirem em algo. Passam, e só deixam um vago sentimento de frustração, um desalento bobo.*

*Nos últimos dez anos, ele tem mantido cadernos de anotações, que transcreve no computador, substitutos para a memória que não tem. Os escritos ainda não serviram ao propósito que os criou; não basta escrever, é necessário criar todo um sistema de catalogação, para recuperação do que foi anotado. Falta a ele paciência, disciplina, ideia de como fazer. Mas só em manter o diário já pode ir além do que autorizaria a natureza. Burlou as limitações físicas, avançou além da própria e limitada capacidade de memória, ao registrar o que considera merecedor de registro e que usará algum dia. Essa grande ideia teve, e mantém registrada a data exata em que ela, ideia, surgiu, e foi a partir dela que tudo passou a estar anotado, comentado, analisado por alguém que já foi ele.*

Por exemplo, até os dezoito anos, idade considerada por ele perfeita para se adquirir o bom senso, R. leu tudo que teria de ler, em matéria de ficção — não era muito, descobriu, aliviado. "Qualquer um sabe disso, no fundo", pensa.

A partir daí, começou, de verdade, sua formação técnica, com o treino de capacidades, para inserção no mundo das pessoas adultas. Lê o que é absolutamente necessário, escreve o que tem de.

É um mundo de lógica e eficiência, ele sabe que, para você, isso pode parecer somente uma reunião de palavras vazias. Mas explica: "é que o mundo não é mais simples como no passado; todos se acham com direito de intervir, tudo acontece ao mesmo tempo e rapidamente, temos muito mais tarefas e apelos que qualquer sujeito há poucos anos."

É a verdade que aprendeu: competimos, e quem fica parado é atropelado ou engolido. Não existe perda de tempo; desperdiçar qualquer oportunidade é atraso de vida, é ir para trás. Não é preciso explicar.

As crianças, intuitivamente, aprendem isso, nada é ao acaso; a seleção natural se dá hoje com joysticks nas mãos e olhos inquietos nas telas de computador. Vence quem enxerga melhor, e mais rápido.

Para que R. diz isso? Porque lida com gente, detesta que o façam perder tempo. Infelizmente, o funcionamento do mundo não é automático. Mas o planejamento torna tudo mais rápido, desde que se siga uma ordem racional e limites bem fixados.

Enquanto sobe os degraus, faz mentalmente as contas do dia. No elevador, arruma as cédulas na ordem em que sairão da carteira.

*Em uma das anotações, U. registrou a impressão causada pelas colunas, na entrada do prédio do ministério, pelas quais tanta gente passa distraída, como R., ou tão rapidamente que, se erguessem a cabeça para ver a imensidão delas, provavelmente tropeçariam. Comparou com os prédios sem coluna onde enfiaram os ministérios em Brasília, enormes dominós racionais enfileirados, onde meteram boa parte do que se fazia aqui. As salas divididas por eucatex, que visitei, melhoraram o trabalho? Não acredita; nossas salas, de pé-direito alto, incapazes de dissipar o calor nauseante no verão, também não nos fazem levantar os olhos. Nem lá nem aqui parece que alguém reflita sobre o que faz, para quem. U. não sabe dos responsáveis pelos intermináveis relatórios que passam pela mesa dele e pelas vizinhas, como montes de baralho descartados de um jogo inútil.*

*Ele não tem ânimo, nem vê razão para intervir. Seria como invadir uma roleta para direcionar a bolinha: te expulsariam do cassino, como louco. Ou moleque.*

*U. sempre encontra material para anotações, porém, nos volumes que passam por ele e nas folhas que chegam à mesa para se incorporar aos calhamaços. Seus olhos percebem a umidade sanguínea das vidas empoeiradas e desidratadas, nos papéis, pela linguagem burocrática. As histórias inspiram destinos. Ele complementa, no caderno de anotações, com histórias inventadas, os destinos descritos. Já descobriu, ao fazer as anotações, sugestões interessantes, que enviaria ao ministério se visse razão para isso ou tivesse ânimo. Guarda os cadernos no armário pouco usado na parede em frente, depois de transcritos na subutilizada memória do computador que usa pouco. Poucos usam a sério os computadores.*

Enquanto abre a porta com a mão direita, R. já tem a esquerda no bolso do terno, onde a esperavam as contas que entregará ao contínuo a caminho de sua sala de chefe. Entregaria, se o imbecil estivesse onde deveria. As contas do contrariado R. vão para a secretária. Troca poucas palavras com ela. Mal-humorado, mas objetivo, fala do dia.

Ouve a voz irritada de uma pessoa que, apesar de ter chegado às oito horas, pede, insistente, uma senha para atendimento; parece não entender que a regra, na repartição, é só distribuir dez senhas por dia, e bem mais cedo. O incomodado que chegasse de madrugada, fizesse fila como os que serão atendidos, pensa R. Senta-se, uma das mãos já dedicada a escolher uma caneta, a outra mão no telefone, para atender à ligação que pediu à secretária. Há dias, tenta fazer com que a empresa privada de telefonia corrija um erro na sua conta. Vai apelar a um amigo diretor, para vencer a incompetência da corporação.

A voz da mulher inconformada com as normas do ministério é logo abafada pela resposta ríspida do vigia, que lhe explica as regras. *O diálogo nem perturba a concentração de U., que anota, próximo, em um dos cadernos. Como sempre, ainda haverá mais alguns que pensam ter direito a atendimento por chegarem mais ou menos na hora de abertura da repartição.*

De passagem, R. notou o computador desligado e o funcionário, à frente dele, a escrever num caderno, preguiçoso, provavelmente números do jogo do bicho.

Não pode demiti-lo, como deveria, não estivessem no serviço público. Mas, enquanto fala com Brasília ao telefone, escreve, para não esquecer, o nome do sujeito, que, em seguida, despachará, por ofício, para outro departamento. Que nunca alguém a sua frente seja tão estúpido a ponto de se mostrar descaradamente inútil daquela maneira.

# Quinta, Domingo

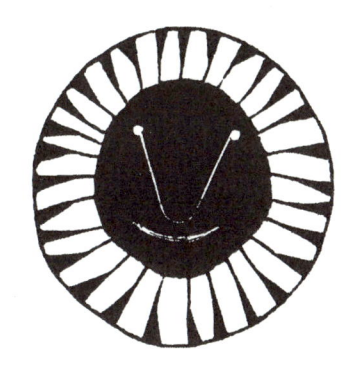

Este aqui é um museu-museu, um museu de como eram os museus no século passado, explicava ele, o olho encompridando-se para o fim da minha saia enquanto subíamos os degraus.

Se eu fosse escrever sobre isso aqui, seria difícil escapar à tentação de falar dos degraus gastos da Quinta da Boa Vista, disse ele. Você já reparou como ninguém foge ao lugar-comum quando fala dos degraus de algum prédio antigo? São sempre gastos, gastos degraus, degraus gastos, continuou, numa autocrítica fingida. "Escapar à tentação" e "fugir ao lugar-comum" também são chavões terríveis, pensei eu.

Quer ver as múmias?, perguntou. Não, não queria olhar as múmias, e ele não vê que me irrito quando passa sem parar pelo Bendengó, o objeto mais fascinante nesse imenso museu bricabraque montado amorosamente por um antigo imperador. Ele não sabe que aquela imensa rocha preta é um meteorito, que Bendengó era o nome do rio para onde ele rolou e dormiu por um século, depois de pegar fogo a carroça setecentista que o levava de Minas para Lisboa. Não sabe que aquela enorme pedra preta chegou à Quinta no ano da abolição da escravatura, e que só foi parar no museu imperial por causa de uma doença do monarca, que, convalescendo em Paris, foi alertado por cientistas franceses da importância daquele gigantesco alienígena rochoso largado no rio. Eu poderia contar tudo isso e teria mais detalhes para ele, se importasse. Para isso não servem os museus.

Esse caranguejo com essas pernas nojentas de aranha, os esqueletos, é tudo uma coleção de peças de trem fantasma, ele me diz, rindo. Dou um meio sorriso. Ele já havia recebido um sorriso igual e morno, quando se desculpava por não ter encontrado o sorvete do sabor que eu queria. Ele ri, pisca, tenta interpretar minha reação, como na primeira vez.

A poeira das coisas em exibição, o piso nobre, o pé-direito alto já me confortaram em outras visitas, como se o Imperador me esperasse no cômodo seguinte para um serão de avô, leituras de assombros científicos, colecionados por um monarca esclarecido. Ele me apressa para o cômodo seguinte, onde ainda não estão as múmias. Do Imperador, então, nem sonho.

Ele me diz que falta uma figura de Dom Pedro no Museu de Cera, a metros da entrada, lá fora. Finjo estar interessada na vitrine à nossa frente, e escondo outro sorriso, lembrando do trailer acanhado que visitamos antes, o museu de cera, mambembe, ao lado do museu de verdade, com figuras de Juscelino, Marilyn Monroe e Lampião, lado a lado, juntando pó. Ao pó retornaremos. Faço uma careta, por instinto, ao lembrar a sala proibida para menores, onde as estantes traziam réplicas anatômicas de cera dispostas em um bizarro catálogo venéreo. (Ele conseguiu encaixar um comentário inesperado sobre Shakespeare, enquanto, sem lhe dar o prazer de me ver voltar o rosto, eu o forçava a percorrer mais rapidamente a galeria de genitais disformes de cera. Sempre com os olhos atentos, insistentes: você sabia que inferno e vagina eram a mesma coisa, na gíria do inglês elisabetano?, perguntou. Fiz um comentário mais explícito, falando de calor e anatomia, sem deixar de olhar uma das réplicas infernais, desmoralizando, sonsa, a malícia erudita dele. Ele pareceu constrangido, até parou de sorrir, enquanto me tomava a frente na corrida disfarçada para a porta de saída.)

Fora do Museu Histórico, não ligo para os pingos de chuva; ele me acompanha até a carrocinha de algodão-doce. Faz comentários sobre algum cineasta francês, ou alemão. Não, também não penso em ir ao teatro mais tarde (até gostaria). Prometi jogar buraco com minha avó, em Copacabana. Juro.

No portão de saída, ele me mostra o que comprou escondido quando deixávamos o museu, uma réplica da Vênus de Willendorf, presente para mim. Pego sem olhar para a figura de cerâmica, uma mulher disforme e gorda, sem rosto, amuleto de fertilidade de um artista ancestral. Tento parecer mais preocupada com o garotinho que passa por nós bamboleando na bicicleta de rodinhas. Talvez ele tenha visto quando arregalei rapidamente os olhos, quem sabe percebeu a alegria no meu rosto, pode ser que tenha notado o carinho com que guardei a pequena peça de barro, linda, linda. Pode ter descoberto que me surpreendeu, me impressionou ali, com aquela bobagem pré-histórica e falsa.

Espero que não.

# O Sumido Gralha

O GRALHA ERA um intelectual e um artesão, de um jeito renegado por certos amigos meus, artistas de uns círculos em que técnica, trabalho físico, pode atrapalhar a carreira de um sujeito criativo. O Gralha parecia, às vezes, deslocado no mundo pragmático do mercado de Arte. É preciso coragem ou insensatez para, como fazia ele, pôr as mãos nas próprias obras do começo ao fim, da ideia ao trabalho, com capricho de chinês, uma a uma, tempo absurdo. Até os chineses, hoje, usam imagens e objetos pré-fabricados ou comandam equipes que executam as concepções do artista; o Gralha concebia, talhava e imprimia ele mesmo as gravuras sem limite; já vi ele fazer cópias de tiragens infinitas, até sabotou o valor de venda de alguns trabalhos.

Eu gostava muito dele. Por algum tempo, viveu das orquídeas e de ilustrações que confeccionava para jornais, com a mesma integridade com que riscava as outras gravuras. Cultivava orquídeas, mas nunca falamos disso.

As flores eu vi quando o conheci, no sobrado da ladeira Saint Roman, em Copacabana; a mesma ruazinha em que editaram O *Pasquim*, jornal de sucesso na década de 70. Ele ilustrou muitas publicações alternativas nessa época;

figuras torturadas, imagens agoniantes, era o visual adequado ao período. Ele, com cara e expressão de professor distraído, manipulava pacientemente goivas e formões na tiragem de gravuras desesperadas da madeira. Dinheiro, eu ganho com as orquídeas, me explicou, acho que antes de as ilustrações lhe darem grana de verdade e de reconhecerem, pagando, a arte que fazia. Aquelas imagens não mereciam morrer no jornal, forrar gaiola de passarinho. As flores também eram lindas, mas eu não prestava muita atenção nelas, falávamos de arte, estética, filosofia, da negação de tudo isso.

Um dia, quando eu voltava, depois de muito tempo, ao sobrado com as orquídeas e a sala de piso de madeira, com paredes de estantes de madeira, repletas de matrizes de madeira, décadas de gravura, reparei que a rua não era mais aquela via pacata de sobrados antigos. As calçadas estavam ocupadas por biroscas, havia muita gente aparentemente desocupada, olhos desconfiados. Nem havia reparado que existia uma favela mais acima, no morro. A favela agora abraçava os sobrados, eram olheiros do tráfico os que vigiavam o trânsito. O Gralha nem aí, as gravuras dele já previam isso no passado.

A conversa, dentro do sobrado, continuava sem pressa; durante um tempo chegou a usar um ateliê amplo, mas voltou depois ao mesmo quartinho acanhado que usava como estúdio, as tábuas de madeira esperando o corte, a estampa. Nesse dia decidi essa obra que te interessou.

— Quantas gravuras você já tirou desta matriz? — perguntei.

— Nenhuma, acabei de gravar a madeira, ia tirar a primeira cópia. Quer uma?

— Todas — eu disse —, e a matriz; você vende?

Você, talvez, tenha sido atraído por causa de sua queda pela xilogravura, um desenho esculpido. Com instrumentos cortantes, a imagem é escavada na madeira, a matriz, que se cobre de tinta e se imprimem com ela umas quantas imagens em papel. Vende-se o papel, guarda-se a madeira escavada, como a que, naquele dia, ao Gralha, eu pedi para comprar.

Ele não gostou muito da ideia. Fui sarcástico. Ele era um artista desinteressado, fazia clichês de chumbo a partir dos originais de madeira para produzir cópias infinitas das próprias gravuras em bienal de arte, e esse mesmo tal acredita na aura mágica da obra artística, quer levar suas matrizes ao túmulo, dar aos herdeiros, deixar objetos de culto para o público? Não sei se para provar o contrário, ou porque gostava de mim, me vendeu a madeira gravada, por um preço ridículo. Não nos vimos mais; nos desencontramos numa última tentativa de sairmos juntos em uma das viagens dele.

Eu estava no Rio quando recebi a notícia de que nunca mais veria o Gralha. Decidira viajar para alguma ilha grega, ou turca, doou o acervo para uma instituição, anunciou que decidira parar com a gravura. Chorei, órfão. Nem ele sabia o quanto era meu amigo. Eu já vinha pensando nessa obra, em que você se interessou. Mas o diretor da galeria estranhou quando, três meses depois, lhe disse que a exposição teria um trabalho só, e aquele.

— Um trabalho do Gralha? Sei que vocês eram amigos, ele merece homenagem, mas eu previ uma exposição sua — me disse ele —, depois, se quiser, pensamos em uma retrospectiva...

— Esse é meu trabalho e estava pronto antes do que aconteceu — expliquei eu, apontando as ligações com o tipo de obra que eu já havia exposto com ele antes, e interrompendo a conversa de que o Gralha não era bem a linha da galeria e coisa e tal. — A matriz é minha. A tiragem de cinquenta gravuras é minha. Foi com o Gralha que destruí as provas dessa tiragem, e foi com ele que me tornei proprietário da matriz. Não existe essa imagem gravada em nenhum outro lugar, e ela também não existe isolada, só na minha obra, todas as cem impressões, e a matriz, como você viu no ateliê. É minha obra mais recente.

O curador não costumava discutir minhas decisões e, como o galerista, preocupou-se só com questões práticas. A montagem seria simples, molduras negras, imparciais, em cada figura impressa, sem assinatura; eu havia pedido para que o Gralha deixasse as gravuras sem nenhuma marca de lápis, nem nome do autor, nem número da cópia, nem título. Numeramos, cada uma, como se fossem uma única cópia, e elas ficariam dispostas na parede do fundo, lado a lado, em um quadrado de dez molduras por dez, numa imagem única e múltipla, sem vidro que dificultasse a visão dos delicados detalhes do gravado, das linhas e curvas de minha obra. Um *ready-made* a que eu assisti e que eu assisti na confecção, parte por parte, pacientemente. Como em trabalhos anteriores meus, eu imaginava onde as pessoas buscariam minha marca, a marca do artista; e eu me divertia ao tomar posse, assim, do gesto e ideia do Gralha, de quem eu gosto tanto, repetindo, repetindo esse gesto, em um ato preparado por mim.

Dei instruções detalhadas, fiz uns croquis. Não estaria por perto na montagem, tão simples.

Nesse dia, da montagem, tinha um compromisso, na Baía da Guanabara, com um veleiro e Carlos Holmes. Ele criticava duramente meu trabalho, em parte porque sabia que sou excelente para receber críticas, e também porque criticar era um estado natural dele, como deveria ser de todo mundo. Esse caráter conciliatório que o brasileiro confunde com educação e cordialidade só serve para esconder dos outros o que pensamos ser a verdade, e é, no fundo, desinteresse. Carlos também criticava a própria crítica, lembrava sempre a avaliação mal-humorada com que também havia recebido muitas das ideias do Salvador, sem desencorajá-la. Você conhece o Salvador, aquele artista: quando bota dedos no pincel, sabe da fila de gente ansiosa, decidida a despejar seis dígitos, em dólares, no que sair do estúdio. Pois ele não gostava do que ele fazia antes. E, se você viu o que ele fazia antes, concordaria com o Carlos.

Por educação, Carlos não chegava a repetir, para mim, os comentários pesados contra o meu trabalho que eu ouvi por tabela, de amigos. Ele sabia que eu sabia, e sabia que nem me feriam.

Nos últimos meses, íamos calados, eu e ele, para a baía, nos veleiros que ele montava, como hobby, seguindo um tradicional projeto europeu. Sem cabelos, com uma penugem branca conservada no rosto como se fosse barba, ele puxava as cordas, retesando os músculos, negava a idade. Eu sentia, alegre, o perfume enjoativo e salgado das águas da baía, o aroma da madeira do barco, o cheiro forte da vela desenrolada.

Naquele dia. o vento não ajudou; entramos um pouco nas águas e paramos, em calmaria. O barco era leve o suficiente para irmos com os remos até a margem, mas o clima agradável e o estado de humor do Carlos — ele parecia ter se irritado com alguma coisa no trabalho, ou em casa — fez com que a gente preferisse sondar o perigo; nós dois, sentados, com as velas arriadas, próximos à pista do aeroporto Santos Dumont, que acabava quase na baía. Um jato em pouso, um pouco mais abaixo que o normal, faria o barco rodopiar nos ares como uma folha bêbada de papel. Ou, pelo menos, a gente acreditava nisso.

Carlos não estava disposto a condenar ou encorajar meu projeto, e conversamos sobre um artista da Bélgica que, décadas antes, acompanhamos pelas ruas de São Paulo, assistindo a uma filmagem do sujeito, com uma lata de tinta furada que traçou uma extensa linha azul no asfalto paulista; você deve se lembrar dele. Eu disse ao Carlos que meu projeto com as gravuras e a matriz do Gralha já estava em elaboração quando o mesmo belga exibiu, anos depois, na Sociedade Hispânica, em Nova York, uma legião de retratos anônimos de Santa Fabíola, coletados por ele em viagens pelo mundo — isso não sei se você viu.

— Tem uns pontos de contato aí — concordei com Carlos, mas ele também concordou que, apesar de algumas semelhanças, já seguíamos, eu e o belga, caminhos bem distintos.

O belga, artista de sucesso, tomou posse de trabalhos anônimos, catados em ambientes estranhos à igreja artística, e promovia as reproduções, cheias de particularidades e distorções, de uma mesma imagem religiosa. Nas imagens múltiplas que compunham o meu trabalho não havia diferenças, nenhuma idiossincrasia. Como os repetidos paralelepípedos de aço de uma obra minimalista, as cópias da gravura, a partir da matriz, eram iguais entre si, indiferenciadas; e, no entanto, em oposição aos higiênicos minimalistas, minhas obras estavam engraxadas de trabalho humano, suor aparente e prazer figurativo. Cada gravura era uma imagem bem definida, e, juntas, elas representavam a si próprias, gritavam sua existência feliz e irônica, bradavam independência de seu destino de reproduções e de suas antepassadas sangrentas do combate à ditadura. Eu apresentava um hino visual, um moteto caipira, fazendo minhas as cordas vocais do Gralha. E além disso.

Me lembro que falava "além disso" quando passou um Airbus ruidoso por cima de mim e do Carlos, e levantou umas ondas inofensivas no mar oleoso da Baía da Guanabara. Voltamos remando à marina.

Para quebrar o silêncio, reclamei com ele de uns defeitos descobertos em algumas das molduras que tive de mandar refazer. Ele começou um discurso interminável sobre a incapacidade manual dos brasileiros da classe média. Culpa do Brasil-Império, da escravidão, desconversei; não concordava com ele, mas tinha de reconhecer a falta de habilidade de incontáveis amigos nossos, com martelos, chaves de fenda, rolos de arame, qualquer objeto ou atividade simples de montagem.

Um país em que as pessoas dizem, sem constrangimento, que não sabem martelar um prego na parede. São incapazes de consertar um móvel quebrado. Nesse país, a recusa à manufatura, na arte, tem de ter um significado diferente, comentei, ainda. Mas ele já jogava, compenetrado, o cabo que atracaria o barco para um homem moreno e risonho, que gozou da cara dele por levar remando o veleiro de volta ao cais. "Meu barco eu posso levar a remo", respondeu o Carlos. À espera, na marina, o galerista acenava, dobrando ligeiramente os joelhos, num tique nervoso.

— Um problema, não sei como aconteceu.

Carlos não se interessou; raramente mostra algum interesse por algo relativo a meus trabalhos. Despedi-me e voltei com o galerista para onde montavam minha exposição. Os funcionários, tontos, espalhavam-se, sentados, encostados às paredes. A matriz feita pelo Gralha havia desaparecido.

Eu já havia trabalhado antes com peças pré-fabricadas, com elementos industriais, com recortes de publicações impressas. Aquela velha história de avacalhar com o sagrado na obra de arte, eliminar sua aura, você sabe. Eu realmente não ligava para o destino de boa parte das peças que usava nas instalações em que trabalhei. Eram peças intercambiáveis, puras referências aos projetos que se materializavam nelas. Um busto grego, como um urinol, como uma pilha de feltro e gordura animal, sempre serão iguais a outro busto, outro urinol, outra pilha de feltro e gordura, o que importa é a ordem criadora que os levou aonde podem alcançar os olhos e as mentes da patuleia.

Claro, isso não agrada aos fetichistas que querem ter em casa a obra assinada do artista genial e dispendioso. Menos ainda aos curadores e colecionadores que sofrem para preservar o que, por natureza, não deveria durar mais que alguns dias, uma semana, uma estação. Nunca liguei para isso, e conseguiram transformar meus trabalhos em algo vendável assim mesmo; não esperem que seja eu a reclamar dessa alquimia.

Mas o caso da matriz do Gralha me perturbou. Eu, pela primeira vez, havia feito uma obra única, inconfundível com qualquer outra coisa do mundo, irreproduzível — ainda que fossem reproduções, colecionadas em um todo homogêneo, ancorado na matriz original. A peça original de madeira, cavada e entintada pelo sumido Gralha, velho safado, estava perdida.

Não estava no seguro, nem era o caso. O galerista pedia desculpas, se torcia, me olhava como se pudesse fazer-me desaparecer e, comigo, sumir com o problema. Discutimos, cancelamos a exposição, deixei de trabalhar com eles. Nunca descobri o que foi feito da matriz, quem sabe arrebentaram com ela de algum jeito estúpido e não quiseram me mostrar. Melhor o mistério do sumiço que a certeza da incompetência na montagem.

Com a matriz, foi-se o meu trabalho. Fiquei com as gravuras, sem assinatura, sem marcas de lápis a não ser os números que inscrevi no papel, sem grande valor de mercado, o que, aliás, não tinha importância. Pensava, com você aqui, olhando para elas, que eu poderia dar todas, deixar que levasse o conjunto. Mas me incomoda a ideia, acho que elas não podem sair da parede, entende? Estão condenadas pela perda da matriz.

Nunca descobri o responsável pela desaparição. As gravuras, aqui, são as únicas punidas pelo sumiço.

É isso. E não vão sair daqui, nunca, você me desculpe.

# Super-Homem

É MOLE ATRAVESSAR a faixa infinita entre as pedras portuguesas e o conjunto de esteiras e barracas, descalço, como faquir imune à areia abrasante. Só pensar como um faquir. Dizer a si mesmo: calma, pense em outra coisa, logo passa. Passa mesmo. Chinelo é frescura, junta grãozinhos de areia nos vãos dos dedos, arranham, incômodo pior. E, se der vontade de mergulhar, não tem como guardar o calçado; já veio sem camisa, o dinheiro, quando tem, enrolado no cadarço do calção, para não ter de pedir que tomem conta de nada, para não ter nada que lhe encha a paciência.

Sola do pé é igual em qualquer raça. Pardo, rosado ou preto, tudo tem sola branca. Não é atravessar a areia o problema. É cair na água e, depois, ter de se abrigar do sol cancerígeno, buscar a barraca de salva-vidas, inútil contra o forno solar em que se transformam os grãozinhos de silício que grelhavam sua sola do pé, momentos antes. Embaixo da barraca, sente-se ridículo (aquela ponta de joelho esquecida no sol ficará roxa e coberta de bolhas mais tarde, mas agora só o que sente é o ridículo, a inveja daqueles que se bronzeiam, ignorantes da atenção angustiada e ridícula dele aos riscos de tumor de pele).

— Tem horas?
— O quê?
— Horas.
— Estou sem relógio (idiota, não viu, não?).

Está em frente à ala homossexual da praia, só agora percebe. Não sabe se é assim em outros litorais, mas, ali, cada faixa de terra definida pelos postos de salvamento a cada duzentos metros é uma latitude definida, com biodiversidade própria. Em frente àquele hotel, a bandeira é arco-íris, as pessoas mais alegres, e não me venha acusar de estereótipo por dizer que são mais promíscuas. Basta ver como se procuram, se olham, se tocam.

Ainda que seja bem possível que, nessa hora matinal, sejam todos amigos, momento de um clube particular dos frequentadores daquele pedaço da areia, os hóspedes do hotel em frente. Pode ser preconceito mesmo, todo carioca adora isso de forçar intimidade, de fazer amizade velha logo depois do primeiro cumprimento. Há uns poucos estrangeiros por ali, e uns nativos em confraternização; não dá para acreditar que se conheçam há muito. Tem amigos nessa turma de praia, tem em todas, do Leme ao Leblon.

Cava com os pés um lugar para sentar. Nessa areia o perigo maior não é queimadura, é micose. Onde se vá. Os prédios largam sombras pela praia, você leu isso em algum lugar, umidade, calor e sombra. De vez em quando revolvem a areia com escavadeiras, não parece um bom método de atacar fungos do litoral.

Também tem outros motivos para não ir à praia, a falta de dinheiro.

Areia, pequena, redonda, macia, infinita areia, já dizia o avô, de bigodes fartos onde o vento da praia sempre alojava uns grãozinhos. Caminha até a arrebentação, bota o pé na água fria. Divaga. O carioca não tem nada de cordial, foi um capixaba quem lhe fez notar. Nas discussões, é agressivo, nas brincadeiras. Uma agressividade ritual, versão elaborada do mesmo espírito guerreiro que levou os homens a apertarem as mãos, só para demonstrarem que não carregam armas. Hoje nem todo mundo aperta as mãos, nem todos não carregam armas. Como bom carioca, deveria ter dito ao capixaba que ele capixaba estava errado; que, sim, é cordial. Não fosse tão avesso à intimidade.

Batiza o rosto na água salgada, mergulha só a cabeça e sacode os cabelos, sentindo o cheiro agradável de mar. Caminha por onde a areia é mais dura, confere os corpos dos que cruzam o caminho, vai sentar pouco adiante, onde vê uma barraca de salva-vidas, ao lado da bandeira que autoriza os mergulhos, dia de marés amigáveis.

Ela aparece, já esperavam o encontro. Os dois sempre ficam naquele trecho, entre um posto e outro. Não sabe por que, depois de um tempo fala em estrias, ela tem estrias. Ninguém liga para isso, nem para celulite, jura, e é sincero, ou meio sincero; pelo menos não é dos que ligam. Ela não acredita.

Passa por eles o vendedor de mate gelado, ela comenta que está com sede. Responde que é assim mesmo a vida. Não trouxe um tostão, não entende o gosto de comer na praia. Ela o olha intrigada, ambos sabem que ele mente — só diz a verdade sobre estar duro, liso, falido. Olha fixamente para as ondas, onde ninguém mergulha. Uns sabem da poluição, outros do gelo que é aquela água, especialmente naquele horário.

Haviam se encontrado na Feira de São Cristóvão, na primeira vez. Não sabem como, nem gostam de música nordestina, nem apreciam muito a comida típica. Antes ouvissem música nordestina; o funk insidioso tomou as barracas. Já houve tempo em que pobre tinha bom colégio, é só lembrar do Cartola, nenhum sambista faria as letras que ele fez depois da reforma educacional, diz.

Tiveram uma pequena discussão, claro que ela não concordava. Mas um homem atravessou a conversa em correria, havia roubado alguém, foi perseguido, levantou uma confusão na areia, foi parar nas mãos dos policiais militares que patrulhavam a praia.

Ninguém carrega muito dinheiro na rua, carrega-se só o do ladrão. No seu caso não; ainda vai morrer esfaqueado, paga por não ter dinheiro. Mas conversa de outra coisa com ela, ela até ri; ele pensa que, se tivesse algum trocado, poderiam ficar mais tempo juntos.

Por isso a praia. Até pensou: e se ela quiser um sorvete? Se ela quiser, vai negar e pronto, concluiu.

Disfarçar o que pensa, comportando-se de maneira inexplicável, como as meninas de quinze anos da adolescência dele, aquela sapiência silenciosa, um silêncio de gente oca que não sabia identificar naquela idade.

Sentada ao lado, na areia, ela o olha intrigada. Ela o observa enquanto ele fixa os olhos na água, onde ninguém mergulha, dia de poucos turistas em Copacabana.

Ela o vê levantar.

Ele continua olhando fixamente para o mar. Bate a areia do calção e, depois caminha lentamente, deixando fundas pegadas na areia.

Até jogar-se, pesado.

Esquecido dela.

Na água fria.

Este livro foi composto na tipologia ClassGarmnd Bt,
em corpo 11/14,9, impresso em papel off-white 90g/m²,
no Sistema Cameron da Divisão Gráfica
da Distribuidora Record.

Seja um Leitor Preferencial Record
e receba informações sobre nossos lançamentos.
Escreva para
**RP Record**
**Caixa Postal 23.052**
**Rio de Janeiro, RJ – CEP 20922-970**
dando seu nome e endereço
e tenha acesso a nossas ofertas especiais.

Válido somente no Brasil.

Ou visite a nossa *home page*:
http://www.record.com.br